Dites-moi des choses tendres

Éditions Eyrolles
61, bd Saint-Germain
75240 Paris Cedex 05
www.editions-eyrolles.com

Cet ouvrage est paru pour la première fois en 2019
dans la collection « Aparté ».

ISBN : 978-2-416-00247-2

Cécile Hennerolles

Dites-moi des choses tendres

Roman
EYROLLES

Tell me the truth about love,
because I love you

Dis papa, comment on fait ?

Depuis hier, il avait l'estomac noué. Plus rien ne passait et ce n'était pas faute d'essayer. Le goûter, pas passé. Le jambon-coquillettes du soir, pareil. Et les Miel Pops du petit déj', pas mieux.

Il avait décidé d'y aller demain. Il avait décidé qu'à la récré de dix heures, il irait voir la plus belle fille de l'école, toutes classes confondues, pour lui demander si elle voulait bien sortir avec lui. Direct, droit dans les yeux. Peut-être avec un ou deux copains.

Cette fille lui retournait le cœur depuis un bon moment déjà, comme s'il partait dans tous les sens. Ça le chamboulait à l'intérieur, tout en le faisant planer. C'était pas possible de ressentir ça. C'était pas croyable un truc pareil !

Il était amoureux. C'était donc à ça que ça ressemblait ! À ce truc qui donnait l'impression d'être en haut du grand huit, juste avant que le wagon ne commence à dévaler la pente. À ce truc qui le laissait en suspens et dont il pressentait que ça allait le secouer grave ! Pas moyen de descendre en marche.

— Mange tes Miel Pops. On va être en retard pour l'anniversaire de mariage de tes grands-parents.

— J'ai pas très faim ce matin...

— Ah bon ? T'as peut-être chopé un virus.

— Ouais, ça doit être ça.

Son virus à lui pesait vingt-cinq kilos à peine et s'appelait Odessa. Un méga virus, qui rigolait à toutes ses blagues, était toujours d'accord pour jouer goal à la récré et lui pétait le cœur. Mais sinon, tout allait bien.

— Si ça ne s'arrange pas d'ici demain, tu devras peut-être louper l'école ?

— Pas question !

Il était amoureux. Y avait vraiment de quoi lui couper l'appétit, mais c'était pas une excuse pour renoncer.

Il regarda son père qui regardait sa mère. Il faudrait qu'il lui demande à son père, comment il faisait. Comment on fait pour vivre avec le cœur qui s'emballe tout le temps ? Comment il a réussi à supporter un truc aussi dingue, son père, pendant plus de vingt ans ? Et son grand-père ? Il faudrait qu'il le lui demande, tout à l'heure. Cinquante ans de mariage pour lui, encore pire ! Comment on fait avec son cœur ? Comment on fait pour que ça n'explose pas, au bout d'un moment ?

Hein ? Comment on fait ça ?

Princesse

— Tu ne vas tout de même pas y aller comme ça ?

— Ben si. Pourquoi ?

— Sérieusement, princesse, un jour il faudrait que tu prennes conscience de ton physique atypique... Qu'on se comprenne bien, moi j'adore ton corps, hein, mais tu ne peux décemment pas porter ce truc pour l'anniversaire de mariage de tes parents.

Une heure et quinze tenues plus tard, elle en était toujours au même point. Rien à se mettre.

La robe qu'elle avait initialement choisie, sur les conseils d'une vendeuse qui ne devait pas si bien connaître son métier, était une véritable catastrophe sur elle, d'après lui.

Le tailleur-pantalon qu'elle adorait lui donnait une allure de garçon manqué.

— Oh là là, princesse... Le tailleur-pantalon, sérieux ? Et pourquoi pas la salopette, tant qu'on y est ?

— Ben quoi ? J'aime bien, moi. Ça me donne un petit côté Patti Smith, tu ne trouves pas ?

— Mais tu es une femme, oui ou non ?

— Oui, oui...

— Eh bien, habille-toi comme une vraie femme, dans ce cas. Mets une jolie robe, je ne sais pas, moi !

— Oh ça va. Tu sais, mes parents sont plutôt cool. Ils ne vont pas s'arrêter à ma tenue.

— Ah ça... Comment pourrais-je le savoir, vu qu'on n'a jamais eu l'honneur d'être présentés ? À croire que tu as honte de moi. Dis-le, hein, si tu as honte et que tu ne veux pas me présenter à ta famille...

— Mais non, rien à voir, enfin. C'est juste que c'est frais, nous deux. Je n'ai pas envie de précipiter les choses, c'est tout.

— En attendant, le tailleur-pantalon, tu oublies, ma chérie.

Trop court, trop long, beaucoup trop court, trop fleuri, trop mémère, pas assez classe, démodé, *has been*, à jeter... Plus aucun vêtement de sa garde-robe ne semblait lui aller.

Il devait avoir raison. Elle avait vécu jusqu'alors avec un physique atypique, sans jamais s'en rendre compte, ni se douter que cela imposait de mieux choisir ses fringues.

— Et celle-là ? Ça pourrait le faire, non ?

Une petite robe fluide bleue à pois blancs, trouvée en soldes chez Maje. Une affaire en or. Tissu de bonne facture. Coupe impeccable.

Longueur au genou. Taille marquée. Bas évasé. Décolleté discret. C'était son dernier recours.

— Ouais, c'est pas mal. Le truc, c'est qu'avec tes tatouages, ça gâche. Franchement, princesse, tu aurais peut-être dû t'abstenir de céder à cette mode douteuse. C'est dommage, parce que sinon la robe était plutôt sympa.

Moins cinq degrés, c'est vraiment froid

Il faisait moins cinq degrés le jour où il lui a parlé pour la première fois. Elle s'en souvient très bien parce que moins cinq degrés, c'est vraiment froid. C'était il y a plus de cinquante ans, un vingt et un décembre, et elle s'en souvient comme si c'était hier.

Elle regarde cet homme qu'elle aime depuis plus de cinquante ans et elle n'en revient pas. Cinquante ans de mariage ! Comment le temps a-t-il pu passer aussi vite ? Elle n'en revient pas de connaître quelqu'un à ce point-là. De cet homme, elle sait tant de choses. Elle n'a jamais oublié le visage qu'il avait à l'aube de ses vingt-cinq ans, elle se rappelle son corps tout entier lorsqu'il était encore capable d'escalader des montagnes et d'encaisser des coups à la boxe.

Cet homme-là a une cicatrice au coude, héritée de son enfance, une cicatrice presque imperceptible à l'œil nu, qu'il faut connaître pour la deviner sur cette peau qui a perdu de son élasticité. Il a une légère bosse sur le nez, vestige d'une fracture mal soignée, au temps maudit où il usait le ring et où elle passait son temps à trembler pour lui. Il a également quelques rhumatismes, mais rien de grave, des lunettes pour lire – qu'il refuse de porter – et un mal de dos chronique dont il ne parvient pas à se débarrasser.

Elle le regarde distribuer les coupes de champagne qu'elle vient de remplir pour leur anniversaire de mariage. Et elle n'en revient pas que ça soit possible d'aimer encore autant. Si on lui avait dit, du temps de la rue Voltaire, que cinquante ans plus tard elle l'aimerait toujours avec autant de force, bien que d'un amour différent... Elle n'en revient pas de le contempler et de continuer à se dire *Mon homme* en pensant à lui. *Mon homme*, avec le cœur qui se gonfle. *Mon homme*.

Son homme ressemble à Jean Ferrat. Mêmes lèvres charnues qu'elle a envie de croquer, même chevelure fournie qu'il rechigne à aller faire tailler chez le coiffeur. *Tailler*, c'est son mot. Il dit : *Je vais me faire tailler les cheveux chez le coiffeur. J'espère qu'il m'en laissera un peu*. Il est beau, son homme. Il l'a toujours été.

Il a des mains délicieuses, une odeur qui l'a toujours fait chavirer et une voix qui déclenche un truc un peu fou en elle. Ses mains, son odeur et sa voix. La Sainte-Trinité de son désir pour lui.

De lui, elle sait tant de choses, le moindre de ses défauts, la plus petite de ses habitudes.

Cet homme-là n'aime pas se réveiller trop tôt le matin, mais pas trop tard non plus, vers huit heures, huit heures trente tout au plus. Il aime le bon café, bien qu'il essaie d'en limiter sa consommation pour ménager son estomac. Il est pathologiquement incapable de se souvenir de la référence exacte des sacs pour l'aspirateur. Lorsqu'il part en racheter, il vérifie avant, assurant à chaque fois que c'est bon, ça va aller, qu'il va s'en souvenir, *non, non, pas besoin de le noter*. Et ensuite, il l'appelle du magasin pour lui demander de vérifier s'il ne s'est pas trompé. Pareil pour les cartouches de l'imprimante.

Il oublie systématiquement de prendre rendez-vous pour l'entretien de la chaudière ou pour le contrôle technique de la voiture. Il dit : *C'est déjà maintenant ? Tu dois te tromper, ma chérie, ça ne fait pas deux ans*. Mais elle ne se trompe jamais, c'est lui qui ne voit pas le temps passer.

Cet homme-là l'appelle *Ma chérie*, la plupart du temps. Mais il s'adresse à elle en lui donnant du *Madame,* lorsqu'il est d'humeur joyeuse. *Comment va Madame aujourd'hui ? La voiture de Madame est avancée. Si Madame veut bien se donner la peine. Un coussin pour votre dos, Madame. Madame reprendra-t-elle un peu de thé ? Madame est bien difficile. Madame a-t-elle bien dormi ? Madame a-t-elle bien mangé ? Madame a-t-elle bien joui ? Oui, Monsieur, merci !* Et en parlant de leurs enfants, du temps où ils vivaient encore avec eux, il disait : *Monsieur votre fils voudrait que tu ailles lui lire une his-*

toire. Mademoiselle votre fille ne veut pas s'habiller. Lorsqu'il est d'humeur légère, c'est-à-dire très souvent, il lui parle comme à une vieille aristocrate, mêlant un tutoiement espiègle à des formules de politesse amidonnées.

Cet homme-là a toujours la gentillesse gravée sur son visage, et la générosité chevillée au corps. Il est incapable de voir quelqu'un pleurer sans pleurer à son tour, il a recueilli maintes fois un ami affligé ou une voisine en détresse. Il s'inquiète pour les gens, il veut que tout le monde soit heureux, la méchanceté lui est étrangère.

Il ne sait pas comment s'y prendre pour montrer à leurs enfants et aux petits-enfants qu'il est content pour eux, lorsque l'un d'entre eux lui parle de son nouvel amour. Il dit : *Qui est l'heureux élu ?* Et ça les fait marrer. Ils ne savent pas qu'il y a longuement réfléchi avant d'utiliser cette formule. Il dit *Qui est l'heureux élu ?* car, à l'oral, cette phrase permet la mixité. Ils se moquent de lui parce qu'ils n'ont pas compris qu'ainsi il a trouvé une formulation qui autorise à répondre par n'importe quel prénom, fille ou garçon. Cette question un peu ringarde, c'est sa façon à lui de leur dire qu'il est ouvert à toutes les possibilités, qu'ils peuvent juste répondre sans qu'on en fasse tout un fromage. *Qui est l'heureux élu ?* C'est une belle manière de leur dire *Votre bonheur m'importe avant tout.* Elle seule sait à quel point il y a réfléchi.

Il est comme ça, son homme, plein de pudeur. Il ne sait pas dire les choses de l'amour et pourtant, quand il vous fait une place dans son cœur, elle est acquise pour toujours. Souvent il se sert de la musique pour exprimer ses sentiments. Il met le CD dans le lecteur. Il monte le volume. Il dit : *Écoute*. Il utilise la voix d'un autre pour lui dévoiler ce qui le fait vibrer. *Quand j'aime une fois, j'aime pour toujours*, fait-il résonner dans la maison, l'air de rien. *Parlez-moi d'amour, redites-moi des choses tendres*, lui répond-elle, parfois, en chantant. Un petit jeu qui peut durer quelques minutes, et auquel ils s'adonnent depuis des années. *Quand j'aime une fois, j'aime pour toujours*, cette chanson, il ne l'a pas trahie.

Il faisait moins cinq degrés le jour où il lui a parlé pour la première fois. Elle s'en souvient très bien parce que moins cinq degrés, c'est vraiment froid.

Il lui avait dit : *Vous devriez entrer, Mademoiselle, vous allez tomber malade*. Il était serveur dans un petit bar, place du Théâtre, elle était vendeuse chez Morel. Elle attendait un garçon qui tardait à venir la chercher pour l'emmener dîner. Il lui avait proposé d'attendre à l'intérieur. *Il fait moins cinq degrés, c'est pas un temps pour laisser une jolie fille dehors. Moins cinq degrés, c'est vraiment froid*, avait-il argumenté. Cette voix, bon sang… cette voix qu'il avait déjà ! Elle était entrée dans le bistrot et il n'avait pas fallu cinq minutes pour qu'elle oublie jusqu'au prénom du garçon qu'elle attendait.

C'était il y a plus de cinquante ans et elle s'en souvient comme si c'était hier.

Il faut le décider très fort

Elle regardait ses parents. Leur complicité, leurs chamailleries de vieux couple. Cinquante ans de mariage ! Elle fit un rapide calcul et se dit que, si un jour elle devait fêter cinquante ans de mariage avec quelqu'un, alors elle aurait au moins quatre-vingt-dix ans lorsque cela arriverait. Et encore, il aurait fallu qu'elle se marie d'ici deux ou trois ans. Elle serait sans doute morte d'ici cinquante ans.

— Punaise, ça fait peur.

Cinquante ans, ce n'était pas rien ! Elle se demandait comment on réussissait un exploit pareil, elle qui n'avait pas tenu plus de sept ans avec un mec et qui avait le sentiment d'avoir collectionné les relations foireuses.

Elle se dit que ça se jouait dès les premiers jours, qu'il fallait décider très fort d'aimer l'autre quoi qu'il advienne et que ce choix ne peut se faire qu'au tout début, avant que les choses ne se fanent. Elle n'avait sans doute pas décidé assez fort d'aimer quelqu'un, jusqu'à présent. Elle ne s'était sans doute pas suffisamment accrochée.

— Alors, toujours invisible ton prince charmant ?

— Et toi, toujours aussi chiant ton boulot ?

Son frangin était venu la rejoindre sur le petit muret qui les avait vus grandir. Là, très exactement, où ils s'amusaient à jouer aux équilibristes lorsqu'ils étaient mômes, et où elle s'était cassé la jambe pour ses dix ans. Ce jour-là, il s'était précipité vers elle dès qu'il l'avait entendue pleurer, et il l'avait portée tant bien que mal à l'intérieur, impuissant devant la violence de ses pleurs et l'intensité de sa douleur. Il avait passé les trois semaines suivantes à pousser son fauteuil roulant et à la protéger en établissant un périmètre de sécurité autour d'elle.

Elle regarda leurs parents qui riaient, ses neveux qui s'embrouillaient, la grande qui ne lâchait pas son téléphone et sa belle-sœur qui semblait un peu ailleurs.

— Tu te rends compte que nos parents sont ensemble depuis plus de cinquante ans ! lui dit-elle.

— Ce n'est pas tellement le chiffre qui m'impressionne, tu sais. C'est surtout ce sentiment assez incroyable qu'ils me donnent, d'avoir toujours été heureux à deux. On a eu de la chance, je crois, de grandir avec des parents qui s'aimaient à ce point-là.

— T'as raison. Mais ça met la barre sacrément haut !

— Tu en parles comme si c'était une compétition.

— Oh, ça te va bien de me dire ça... Tu t'en fous, toi. Tu es bien parti pour suivre leurs traces. Ben, c'est vrai, ne joue pas les étonnés. Regarde-toi, tu es marié depuis combien de temps, maintenant ? Dix-huit ? Dix-neuf ans ?

— Vingt ans qu'on se connaît. Mais seulement quinze qu'on est mariés.

— C'est pareil. À ce stade, les années hors mariage comptent pareil. Vingt ans que tu es avec ta femme, alors que moi, j'ai trente-huit ans cette année et douze mecs au compteur ! Tu es le modèle, Mister perfection, et moi la déception.

— Ne dis pas de conneries. Y a pas un modèle qui vaut mieux qu'un autre. Et puis, vingt ans de vie commune, c'est pas non plus la panacée.

— Ça, je veux bien le croire. Moi, c'est la routine, qui me flingue. Dès que la relation commence à manquer de relief, dès que je ne me sens plus exister dans les yeux de l'autre, j'ai l'impression de crever et je préfère m'en aller. Comment tu fais, toi, pour que ça continue à vibrer ? C'est quoi le secret ?

— Si seulement je le savais, répondit-il en observant sa femme qui regardait ailleurs.

— Tu vois, le plus rageant, c'est que tu n'auras eu droit qu'une seule fois au fameux *Qui est l'heureux élu ?*

Cette phrase, punaise ! C'était celle de leur père quand ils venaient lui annoncer qu'ils étaient amoureux. Cette phrase, putain, c'était la honte absolue. *Qui est l'heureux élu ?* Un modèle de ringardise. Un passage obligé qu'elle s'était cogné une bonne dizaine de fois, déjà, sans arriver à l'éviter.

— Tu oublies Mélanie Boden, quand j'étais en troisième, contesta-t-il en quittant des yeux sa femme qui se dirigeait vers la maison.

— Deux fois, c'est rien ! Moi, j'ai perdu le compte. J'en peux plus de cette phrase...

— C'est pour ça que tu n'as rien dit pour ton nouveau mec ?

— Ouais.

Ils continuaient à être complices, malgré les années. Un truc de frère et sœur, que rien ne pouvait altérer malgré leurs différences. Une relation qui avait parfois rendu sa belle-sœur jalouse. Mais qu'y pouvait-elle ? Après tout, il était son grand frère...

— T'as un nouveau tatouage ? remarqua-t-il.

— Oui, fit-elle en lui montrant l'intérieur de son bras.

— J'aime bien.

— Vraiment ? Je finis par me demander si c'est une bonne idée de me faire tatouer à des endroits aussi visibles.

Ses tatouages, c'était finalement son seul véritable engagement, le seul truc qui serait toujours là, même dans cinquante ans.

— Tu déconnes ? Tes tatouages font partie de toi. Je vais même t'avouer un truc, je t'envie pour ça. Moi, je n'ai pas osé. J'ai eu trop peur de ce que les gens penseraient, ma femme, surtout. Je me suis dit que ça ne lui plairait pas, qu'elle m'avait toujours connu sans, et que si je changeais quelque chose, ça viendrait foutre le bordel. Mais toi, tu es libre. Tu l'as toujours été. C'est une chose que j'admire chez toi.

Voilà que son frère lui enviait sa liberté ! Mister perfection, celui qui avait tout réussi, même s'il avait un job incompréhensible et un peu chiant. Cette foutue liberté qui se résumait souvent à de grands moments de solitude, à des plans culs foireux, à une relation naissante dont elle ne savait pas encore trop quoi penser, et à d'innombrables questionnements.

Elle regarda leurs parents et se demanda comment deux fruits aussi différents avaient pu naître du *même arbre*, comme ils appelaient leur union. Elle qui ne faisait que papillonner. Et son frère qui, en s'enracinant plus profondément, avait fait éclore trois beaux bourgeons.

— Dire que c'est ta fille qui vit maintenant dans la rue Voltaire, finit-elle par murmurer.

Ils sont un arbre

Sa belle-mère avait-elle un jour eu envie de s'envoyer en l'air avec quelqu'un d'autre que son mari ? Elle la regardait verser le champagne de leurs cinquante ans de mariage dans des coupes en cristal, et cette question l'obsédait avec une indécence dont elle avait à peine conscience.

Souvent son mari disait d'eux : *Ils sont un arbre*. Du genre grand chêne centenaire qui a les racines bien plantées. Ils étaient un arbre sur lequel on pouvait s'accrocher et sous lequel on se sentait en sécurité.

Mais après tout, en cinquante ans, ça aurait été bien normal que la tentation d'aller voir si l'herbe était plus verte ailleurs vienne s'insinuer parfois. Sa belle-mère avait-elle un jour fantasmé sur un acteur hollywoodien au point de se détourner de son mari ? Clark Gable ? Ou Robert Redford peut-être ? Avait-elle un jour eu envie d'autre chose ?

Elle en doutait. Elle regardait cette femme dont les yeux pétillaient à chaque fois qu'elle évoquait son mari et elle était presque certaine que ni Clark Gable, ni Robert Redford, n'aurait pu changer cela. C'était un mystère insondable que cet amour-là. Un secret qu'ils avaient bien raison de vouloir fêter.

C'était beau, mais tellement injuste, de les voir s'aimer autant ces deux-là.

Ce soir

Tu rentres quand
de la teuf chez
tes grands-parents ?

Ce soir.
Mes parents me
déposent en passant.

Pourquoi ?

Parce qu'il faudrait
qu'on parle…

Rue Voltaire

À un moment, un truc avait foiré. Il lui avait envoyé un pauvre SMS où il disait : *Il faudrait qu'on parle*... sans autre explication. Chacun en était à se demander de quelle matière seraient ses prochaines noces, lorsque c'était arrivé. Ses grands-parents en étaient à l'or. Ses parents s'acheminaient vers des noces de cristal. Sa tante, vers des noces de rien. Ses noces à elle auraient été de froment, s'ils avaient été mariés.

Il faudrait qu'on parle... Bam ! C'était tombé sans prévenir au beau milieu du vin d'honneur. Ensuite, elle avait gambergé toute la journée sans réussir à penser à quoi que ce soit d'autre qu'à cette phrase tirée à bout portant, et à ces trois points de suspension on ne peut plus inquiétants qui avaient enfoncé le clou.

Ses parents venaient de la déposer en bas de la rue Voltaire, après trente minutes de trajet, coincée entre ses deux frères et leurs sempiternelles prises de becs, sur le siège arrière du Scénic familial. L'angoisse.

Il l'attendait. Elle s'était assise sur le bord du lit pour retirer les chaussures à talons qui lui avaient torturé les pieds toute la journée, et avait constaté que certaines choses avaient bougé. L'armoire qui dégueulait de fringues le matin même, était bien rangée. Elle ne dégueulait plus du tout. L'une des principales raisons de leurs disputes quotidiennes venait de disparaître. Et pourtant, elle pressentait que ça n'était que le début des emmerdes. L'armoire, habituellement trop petite pour contenir toutes leurs affaires, était à moitié vide. Il n'y restait déjà plus rien de lui alors qu'ils la partageaient encore au réveil, ce jour-là. C'était mauvais signe. Ce tri sélectif en disait long sur la nature de la conversation à venir.

— Tu avais un truc à me dire ?

Autant foncer dans le vif du sujet et crever l'abcès. Il y avait déjà une armoire à moitié vide et elle avait donné le ton.

— Oui, alors, en fait… Avant toute chose, je voulais te dire qu'il ne faut pas que tu te remettes en question.

Trop tard ! Une armoire la narguait d'un œil accusateur. Bien sûr qu'elle allait se remettre en question !

— C'est juste que j'y arrive plus. Je dis pas, au départ, c'était trop de la balle d'emménager ensemble dans le studio de tes grands-parents. Mais, là, le côté petit couple qui s'est mis en ménage, ça me tue.

— Tu veux qu'on prenne des logements séparés ? C'est ça ?

— Non. Enfin, si, je m'en vais squatter ailleurs. C'est un peu plus compliqué qu'une histoire de logements séparés, je crois. C'est juste que je ne m'y vois pas. J'étouffe. J'en ai marre de vivre un truc de vieux. Merde, on est ensemble depuis deux ans, et on dirait qu'on est mariés. Il y a des jours où j'ai l'impression que tout est déjà calé dans ta tête. Il y a même des moments où tu déroules le film de ma vie comme si je n'avais plus mon mot à dire. C'est flippant, j'te jure ! Je sais pas si tu t'en rends compte. Tu parles de la vie qu'on aura après nos études, de l'endroit où on ira après la rue Voltaire. L'autre jour, t'as même évoqué le moment où on aura des enfants. On n'a que vingt ans, bordel !

— Mais je dis ça comme ça, moi ! Je n'y pense pas vraiment au mariage, aux enfants. Je sais bien qu'on n'est pas encore prêts…

— Ben si, tu y penses. Dis pas le contraire.

— Qu'est-ce que tu veux que je te réponde ? Si je dis que je ne pense pas au jour où j'aurai des gosses, tu vas m'accuser de mentir. Et si je dis que oui, j'y songe parfois, tu vas me dire que ça te fait flipper… Alors, je fais quoi ?

— Le truc, c'est que je me sens pris au piège. Tu vois, là, je suis sûr que tu te dis que genre… c'est une histoire de synchro. Tu te dis, il faut juste attendre un peu et ça lui viendra. Mais c'est pas ça.

— Ben explique, il s'agit de quoi, alors ?

— Putain, je sais même pas si un jour j'aurai envie d'avoir des gosses ou de me marier. Ce que je veux dire, c'est que je suis encore trop jeune pour me poser la question. Et toi tu m'obliges sans arrêt à me les poser, ces foutues questions ! Parce que toi, tu as déjà tout en tête. Toi, ton plan, il est tout tracé. Dis pas non, je le sais. Tu veux faire comme tes parents, et comme tes grands-parents aussi. T'as ton modèle, y a plus qu'à le suivre. D'ailleurs, c'est pas pour rien qu'on est ici, rue Voltaire, tu vois.

— N'importe quoi ! On est ici parce que, oui, j'ai la chance d'avoir des grands-parents qui nous mettent une piaule à disposition sans nous demander de loyer. Y a rien de mal à ça, bordel !

— Je te connais, tu es persuadée qu'il faut me laisser le temps d'y venir. Mais moi, j'ai pas besoin qu'on me laisse du temps pour décider. Moi, je veux juste vivre au jour le jour, sans avoir à me soucier de ce que sera ma vie après… Tu comprends ?

Non. Elle ne comprenait rien à toutes ces conneries qu'il débitait d'une traite par peur d'être interrompu. Alors, parce qu'elle avait fait une blague sur leurs hypothétiques enfants, quelques jours plus tôt, il profitait de son absence pour fourrer toutes ses affaires dans une putain de valise et trois sacs de sport ? Non, désolée, elle ne comprenait pas. Et pourquoi semblait-il prendre ses jambes à son cou, comme un otage à peine libéré, à qui on a donné deux minutes pour déguerpir sous peine de se faire buter ou que son geôlier ne se ravise ?

Enfin, elle comprenait tout de même une chose ! Elle était en train de se faire larguer, à cause d'une blague pourrie au sujet de mômes que, visiblement, ils n'auraient jamais, vu qu'il était en train de rapatrier son patrimoine génétique en lieu sûr, au cas où elle tenterait de le lui extorquer. Elle comprenait qu'elle aurait une armoire entière pour elle toute seule, désormais. Trente-cinq mètres carrés même, pour elle toute seule, au dernier étage de la rue Voltaire. Elle comprenait que, d'ici quelques jours, elle devrait expliquer à tout le monde qu'entre eux, c'était terminé. Elle ne savait pas comment faire, elle n'avait jamais vécu un truc pareil, au cours de son existence. Elle ne savait pas comment elle l'annoncerait à ses parents. Elle comprenait que ce matin-là, elle était partie en se pensant en couple, alors que ça n'était plus le cas pour lui. Qu'il l'avait embrassée juste avant qu'elle passe la porte et qu'ensuite, il s'était rué sur l'armoire pour la vider à moitié. Elle venait d'endosser le statut de célibataire sans qu'on lui ait demandé si ça lui convenait. Ça, elle l'avait bien compris, oui.

— Au fait, ta machine à laver est en panne…

Pour couronner le tout, elle allait se coltiner des soirées à la laverie, toute seule. Elle se rendit compte que pour la première fois, elle allait naviguer en solitaire. Que cette sensation désagréable et douloureuse qui venait de se nicher dans son ventre serait désormais sa seule compagnie. Tout ça pour une pauvre blague de merde, pour une phrase en trop, un truc qu'elle n'avait pas fini de regretter.

Brad Pitt l'avait sauvée

Un jour, son quotidien s'était mis à suinter. Ce n'était pas clairement identifiable. Pas précisément datable non plus. Quoi qu'il en soit, un jour, ça s'était mis à suinter.

Une sorte de putréfaction sournoise que l'on remarque seulement une fois qu'il est trop tard, quand la gangrène est installée et qu'il faut amputer le membre malade.

Un jour, elle s'était retournée, elle avait contemplé sa vie et n'avait pas aimé ce qu'elle avait ressenti. Enfin, plutôt ce qu'elle n'avait pas ressenti. Ça ne vibrait plus. Vingt ans de vie commune. Trois enfants déjà grands, qui continuaient de s'étriper pour un oui ou pour un non à l'arrière d'un Scénic fatigué. Un job ronronnant à souhait dans une boîte de commerce international. Une libido qui provoquait autant d'étincelles qu'une allumette humide… Ça ne vibrait plus ! Elle avait commencé à regretter l'époque magnifique où son cœur battait plus fort dans sa poitrine, et où son ventre se dilatait, juste en pensant à celui qui n'était pas encore son mari.

À force, elle était même devenue jalouse de ce qu'ils avaient été, tous les deux, au début. Jalouse de ce qu'ils auraient pu être, s'ils n'avaient pas cédé à l'usure. C'est comme ça, quand il n'y a plus rien. On en vient à envier ses propres souvenirs.

Faut-il que les premiers instants d'une histoire soient forts, pour supporter la lourde charpente d'une vie de couple en construction. Dans le sien, les murs se lézardaient, la peinture était défraîchie et la margelle du perron attendait qu'on la répare depuis des années. Dans le sien, ça suintait sévère, alors elle avait convoqué le fantasme pour mieux supporter le réel. Elle avait besoin qu'un homme la fasse vibrer. Ça n'existait plus dans sa vie de mère de famille, alors elle avait décidé de se le fabriquer et d'habiter son rêve.

Elle avait commencé par rêvasser à une situation de rencontre qu'elle revivait inlassablement chaque soir au moment de s'endormir. Un fantasme suffisamment efficace pour lui faire battre le cœur, même si c'était juste en pensée.

En général, ça débutait toujours de la même manière. Elle enclenchait le mode « rêve » et ensuite, il lui suffisait de se laisser glisser. Elle croisait un homme par hasard et il la remarquait. Tous les scénarios étaient possibles, mais celui qu'elle préférait, c'était lorsqu'elle ne faisait presque rien et qu'un homme formidable la remarquait. Elle adorait qu'on tombe amoureux d'elle, juste pour ce qu'elle était. Elle adorait les scènes de rencontres, les coups de foudre et les évidences contre lesquelles on ne peut pas lutter.

Ensuite, elle brodait. Elle déroulait le fil et inventait des suites interchangeables et revisitables à souhait. Car elle ressassait chaque épisode une bonne quinzaine de fois avant de passer au suivant. Souvent même, elle recommençait tout depuis le début, pour le plaisir de ressentir à nouveau les émotions. Un peu comme on regarde un film vingt-cinq fois, afin de revoir ce passage précis qui ne manque jamais de nous faire pleurer. C'était inépuisable, ça fonctionnait à tous les coups, c'était bien plus contrôlable que la vie.

Le pire, c'est qu'il ne s'agissait pas de sexe, même si ça se connectait souvent au bas-ventre. Non, ce dont il s'agissait, finalement, c'était surtout de ressentir quelque chose, une palpitation, un mouvement dans l'abdomen, quelque chose, n'importe quoi. Ressentir l'émoi et le trouble des tout débuts, encore une fois. Dans un mariage de plus de quinze ans, cela lui paraissait impossible. Sa réalité se résumait donc à ce truc impossible qui lui manquait terriblement. La rêverie était le seul refuge qui lui offrait de vibrer à nouveau, alors elle avait décidé de s'y installer le plus souvent qu'elle le pourrait.

Elle menait une vie parallèle où des hommes plus beaux, plus forts, plus charismatiques et magnétiques que le sien la choisissaient. Elle y avait invité toutes sortes d'acteurs, de chanteurs et autres célébrités parce que c'est plus facile de prendre appui sur du concret. Ils avaient été quelques-uns à défiler ainsi, mais au final, c'est Brad Pitt qui était resté.

Elle ne s'expliquait pas vraiment pourquoi Brad Pitt plutôt qu'un autre, étant donné que, pour les hommes comme pour les films, elle était plutôt du genre art et essai. Si ce n'est qu'elle avait vu *L'Étrange Histoire de Benjamin Button* au cinéma, un soir de déprime conjugale. À un moment dans le film, Brad Pitt y regarde Cate Blanchett avec fulgurance. Ce regard-là sur grand écran, ça vous transperce et ça vous cloue à votre fauteuil, surtout quand vous avez l'impression de ne plus susciter aucune fulgurance dans les yeux de qui que ce soit depuis longtemps.

Brad Pitt était parfait. Enfin, pas le Brad Pitt des premières années. Ni celui de maintenant. Dans ses rêves, Brad Pitt avait quarante-cinq ans, presque comme elle.

Pour autant, elle n'était pas comme ces midinettes qui collectionnent les articles de presse people dans un classeur au fond de leur dressing. C'était même tout le contraire. Elle ne voulait rien connaître de la vie de Brad, sauf peut-être leurs goûts communs. Elle avait juste besoin de quelques images.

Elle avait d'ailleurs très mal vécu la période où son idylle avec Angelina Jolie s'était ostensiblement étalée jusque dans la salle d'attente de sa gynéco, de son dermato, de sa coiffeuse et de son dentiste. Tout ce battage médiatique venait parasiter sa petite mécanique onirique. Sans compter qu'on ne rivalise pas comme ça avec Angelina Jolie. Là, Angelina Jolie, ça faisait vraiment chier.

Quand la vie manquait de mordant, quand elle se sentait étouffer, elle se laissait aller à la rêvasserie, elle se faisait des films, en attendant qu'on vienne la sortir de là. Elle n'avait pas besoin du sommeil pour ça. Il lui suffisait de se déconnecter. Un phénomène assez étrange et parfaitement maîtrisé, où son corps restait planté là, à faire de la figuration dans un quotidien anesthésiant à souhait, pendant que son esprit partait tranquillement divaguer. Elle avait le pouvoir de se dissocier.

Le meilleur moment pour jouer à ce petit jeu, c'étaient les trajets en voiture. Le train n'était pas mal non plus, peut-être même mieux pour peu que l'on soit installé dans le sens de la marche et côté fenêtre. Elle bénissait les départs en vacances. Quand ils partaient pour douze heures de route, ça laissait à Brad Pitt tout le temps de la faire rêver.

Quand ils partaient en vacances, elle s'installait sur le siège passager et laissait son mari conduire le plus possible. Il lui parlait de son boulot merdique pendant des heures, et elle faisait semblant de l'écouter. Elle prenait soin de rassasier suffisamment les enfants en nourriture et en activités pour qu'ils ne soient pas trop remuants (à ce titre, l'invention du lecteur DVD portable fut pour elle une véritable révolution. Des heures entières sans un cri dans l'habitacle, elle n'aurait jamais osé en rêver et pourtant elle était plutôt douée, de ce côté-là). Quand ils partaient en vacances, à peine le Scénic lancé, Brad Pitt la rejoignait sur le siège passager.

Mois après mois, Brad Pitt n'avait cessé de la remarquer au milieu de la foule, parmi des gens tout aussi anonymes qu'elle. Il l'avait trouvée belle, touchante, troublante. Et drôle aussi, à sa manière. Il avait vu ce que les autres ne voyaient pas. Il était venu lui parler. Elle l'avait d'abord rejeté parce qu'elle n'était pas une proie facile. Il s'était montré tenace, parce qu'elle en valait la peine. Il l'avait poursuivie de ses assiduités pendant un bon moment et elle avait adoré cette période. Il lui avait dit *Pourquoi tu ne veux pas de moi ?* Elle lui avait répondu, un peu sèchement, qu'elle ne souhaitait pas ajouter son nom à la liste déjà longue de ses conquêtes (alors qu'en vrai, elle en crevait d'envie). Elle lui avait dit *Je ne veux pas être la cinquantième sur la liste*. Il lui avait répondu *Tu pourrais être la dernière*. Il avait tenu bon et creusé, jour après jour, pour percer sa carapace. Il avait compris qu'elle était à la fois forte et fragile et qu'il fallait respecter ça. Il s'était montré délicat à chaque fois qu'il l'avait fallu. Il l'avait parfois un peu bousculée aussi, mais il s'en était tout de suite voulu. Il lui avait dit qu'elle était belle, même quand elle ne l'était pas tant que ça (et elle était suffisamment lucide pour admettre quand elle n'était pas à son avantage). Il l'avait invitée dans des petits restaurants peu fréquentés, afin qu'ils soient tranquilles pour discuter. Il avait cuisiné pour elle aussi. Il avait tout de suite deviné quels seraient ses plats préférés parce que c'étaient aussi les siens. Il l'avait emmenée en week-end dans des villes romantiques. En vacances dans des pays pittoresques (qui mieux que lui aurait pu faire ça ?). Ils avaient dormi dans des hôtels magnifiques, ils avaient même randonné et campé, à l'occasion. Il était venu la chercher à la sortie de son travail (car il n'était pas question pour elle de quitter son travail, allez savoir pourquoi). Il lui avait dit *Suis-moi, je t'emmène* et elle l'avait suivi à chaque fois. Il avait conduit des heures, juste pour un coucher de soleil face à la mer. Et pendant tout ce temps, ils n'avaient cessé de rire et de parler. Ou de se taire, mais joliment. Il l'avait prise dans ses bras, très souvent. Il avait écarté les mèches brunes que le vent rabattait sur son visage parce qu'il voulait pouvoir la regarder. Il lui disait *Tu as de si jolis yeux...* Et elle ne s'en lassait pas, précisément parce qu'elle les trouvait ordinaires, ses yeux. Il l'avait écoutée raconter son enfance. Il avait séché ses larmes, avant même qu'elles aient le temps de rouler le long de ses joues. Il l'avait embrassée, toujours comme si c'était la première fois. Il lui avait fait l'amour de façon délicate, torride, sensuelle, attentionnée, animale, dans un lit King Size avec des draps tout frais sans odeur de sueur, sur le sol de sa cuisine sans miette de pain qui pique le dos, dans le couloir de l'entrée (jamais dans la chambre des enfants), au milieu d'une clairière, sur un bateau, dans un jet privé, de façon sans cesse renouvelée. Il avait toujours été parfait.

En rêve, Brad Pitt l'avait déjà sauvée de son existence insipide une bonne centaine de fois. Et ça n'était pas près de s'arrêter.

Le ravitaillement

Des tomates, du beurre, un peu de fromage, des œufs, des yaourts nature pour Madame et d'autres à la vanille, de la crème fraîche, de l'ail et des oignons, du riz, quelques boîtes de thon, un pot de pesto et une boîte de Miel Pops – au cas où les petits-enfants passeraient à la maison – une bouteille de limonade artisanale, même si elle est un peu plus chère. La liste est complète et son organisation quasi parfaite. Monsieur est un habitué. Cinquante ans de courses communes, que voulez-vous, ça ne s'invente pas.

Chaque semaine, c'est lui qui se charge du ravitaillement. *Le ravitaillement*, c'est ainsi qu'il a pris l'habitude d'appeler ce moment, car du temps des enfants, l'enjeu tenait de la survie. Un oubli malheureux, et ils se retrouvaient simultanément avec une pénurie de pâtes et une cuisine en état de siège. Il ne fallait pas se louper.

Il a toujours géré cette partie de l'intendance familiale. Les courses, pendant longtemps, ce fut sa sortie hebdomadaire, sa petite bulle d'oxygène. Après que leurs enfants ont pris leur envol, c'est juste resté comme une vieille habitude. Il aime bien ça, car il a la sensation de ramener un coffre bourré de trésors quand il rentre à la maison.

Du papier cuisson, une bouteille de liquide vaisselle, des berlingots pour la lessive, des piles pour la télécommande, *Sinon tu vas encore t'agacer dessus*, lui a-t-elle rappelé. Hop, hop, hop, il file entre les rayons tout en poussant son caddie tel un cador. Des allumettes pour la cheminée, du papier toilette, des sacs pour l'aspirateur. Mince ! Les sacs pour l'aspirateur !

— Allô ? Bon, ma chérie, tu vas encore te moquer de moi...

Cette histoire de sacs, c'est comme une vieille blague entre eux, depuis un paquet d'années. Il ne s'explique pas pourquoi, mais il est infoutu de se rappeler la référence des sacs pour l'aspirateur. Deux lettres et quatre chiffres, qu'il croit toujours retenir, et qu'il finit systématiquement par oublier. Ça ne manque jamais ! Une sorte de malédiction. Heureusement qu'il a sa femme ! C'est sa mémoire à lui, et comment ferait-il sinon ?

Remettre de l'essence dans la voiture, prendre de belles entrecôtes à la boucherie, un pain de campagne pas trop cuit et, surtout, la tarte aux abricots de Madame. Ah la sacro-sainte tarte aux abricots du mercredi, pour rien au monde il ne faut l'oublier, c'est sa préférée ! Elle aime tellement ça, les abricots, qu'elle est incapable de se contenter d'une seule part. À peine a-t-elle fini la première qu'elle se jette goulûment sur la deuxième.

— Et pour monsieur, ça sera comme d'habitude ? lui demande la boulangère.

— Oui, madame, un pain de campagne pas trop cuit et une tarte aux abricots.

— Pas de souci. Quand est-ce qu'on les revoit vos petits-enfants ?

— Oh, probablement aux prochaines vacances. Sauf l'aînée, qui a passé l'âge de venir dormir chez ses grands-parents.

— Dites donc, j'ai croisé votre fille l'autre jour. Elle a de sacrés tatouages ! On dirait cette actrice qui joue dans une série policière sur M6.

Allez hop ! Passer chez le fleuriste et choisir un joli bouquet, rentrer vite à la maison pour que les produits frais ne souffrent pas. Décharger la voiture, ranger dans les placards. Changer les piles de la télécommande. Et surtout, embrasser sa femme.

— Tu t'en es sorti, avec tes sacs pour l'aspirateur ?

— Grâce à ton aide, ma chérie. Grâce à ton aide. C'est bien simple, je ne sais pas ce que je deviendrais sans toi !

L'ami Ricoré

Il y avait une boîte de Ricoré qui traînait dans son placard. Ça faisait genre… un an. On était début août et il feignait de l'ignorer, mais en réalité, il savait très bien que cela faisait tout juste un an. Il aurait presque pu coller une bougie sur le couvercle, tellement il le savait.

Son ex s'était levée un matin, et au moment du petit déjeuner, elle lui avait dit :

— Y a pas de Ricoré ?

— Ben non. Y en a pas. Je bois jamais de Ricoré…

Sérieux, ça faisait un an qu'ils sortaient ensemble, et elle n'avait encore jamais bu de Ricoré en sa présence. Et là, ça semblait lui venir comme une envie de pisser, voilà qu'elle en réclamait une tasse. Y avait vraiment des gens qui buvaient encore du Ricoré de nos jours ? Y avait encore des usines qui en fabriquaient et des magasins qui en vendaient ? Sérieux ?

Même leur pub débile à l'époque, ça ne lui avait pas donné envie d'en acheter. Sauf peut-être quand il était môme, parce qu'il croyait que toute la famille allait se marrer joyeusement autour de la table du petit déjeuner, juste pour avoir picolé du Ricoré.

— J'ai une putain d'envie de Ricoré.

De manière générale, il restait béat devant ces filles qui boivent des trucs bizarres au petit déjeuner. Du thé fumé introuvable, sauf en magasin spécialisé, de la boisson énergisante ou de la chicorée… Fallait vraiment avoir envie de se compliquer la vie dès le réveil pour ne pas se satisfaire d'un bon petit café ou d'une orange pressée. Mais il avait pris sur lui. Cela faisait un an qu'ils filaient le parfait amour, et à peine un mois qu'ils avaient emménagé ensemble. Pour lui, elle était LA BONNE, malgré ses envies subites de Ricoré. Un mois qu'ils avaient fait du tri chacun de leur côté. Qu'il avait sacrifié sa machine à laver et son canapé sur Le Bon Coin pour lui faire de la place et parce que les siens étaient en meilleur état. Un mois qu'elle avait lâché son appart et vendu un nombre considérable de leurs affaires dans une braderie. Ça méritait bien un pot de Ricoré ! C'était le 31 juillet, date historique de son premier achat.

Le 1er août, elle le larguait. Plus exactement, elle disparaissait, parce que ça n'avait pas été aussi net qu'une rupture, en fait. Ça avait été bien plus dégueulasse que ça, en vrai. Elle était juste partie sans revenir, sans plus répondre au téléphone, sans donner de nouvelles, ni d'explication. Elle avait continué à vivre ailleurs, mais sans lui. Et plutôt bien même, d'après ce qu'on n'avait pas manqué de lui rapporter.

Elle s'était barrée en reprenant son canapé et sa machine à laver. Au passage, elle avait aussi pris la table basse, une commode, le micro-ondes ainsi que la moitié des bouquins et des disques. Elle avait laissé des trous béants, et pas que dans l'appartement.

De manière générale, il avait décidé que, désormais, il y réfléchirait à deux fois avant de sacrifier la moitié de ses affaires dans une braderie de quartier pour faire de la place à une buveuse de Ricoré aux goûts contestables et au caractère lunatique.

Elle l'avait effacé du jour au lendemain. Plus précisément, elle l'avait *ghosté*. Parce qu'il l'avait découvert un peu plus tard, dans un livre qu'il avait feuilleté au rayon développement personnel, il y avait un mot pour ça. « Le ghosting ou la plus mauvaise façon de rompre », tout un chapitre consacré au sujet. Tu m'en diras tant !

Après ça, il avait décidé de fuir les meufs pendant au moins un an. Une année blanche, durant laquelle il avait choisi de se mettre sur pause, comme les enfants disent *pouce*, afin d'arrêter le jeu pendant un moment, et reprendre leur souffle en toute sécurité. Parce que c'est la règle, quand on dit *pouce*, les autres perdent le droit de venir vous emmerder.

Une année sans meuf. Une année pour se retrouver et n'être intime qu'avec lui-même. Une fois, il avait quand même failli se faire avoir par un plan cul douteux. Mais que voulez-vous, on n'est pas de bois non plus.

Il y a un an, souviens-toi. Il y a un an, tu... Il jouait parfois à ce petit jeu qui fait autant de mal que de bien. Il avait hâte de passer à la phase suivante, celle où il se dirait : *Il y a un an, souviens-toi, tu regardais ton portable toutes les deux minutes trente, en espérant un signe d'elle. Il y a un an, tu chialais comme un môme en te demandant ce que tu avais bien pu faire de mal, ce que tu avais bien pu dire de travers pour qu'elle se barre. Il y a un an, t'avais un trou de la taille de la Lozère au milieu de la poitrine, on pouvait y voir ton cœur à l'agonie, tellement elle te l'avait mis à vif, t'avais plus aucune défense, t'étais comme un con sans gilet pare-balles au milieu d'un champ de tir. Mais tout ça, c'est fini, maintenant, ça va aller.*

Ça faisait un an aujourd'hui, et de toute cette histoire, il pensait que plus rien ne le hanterait. Si ce n'était, au fond d'un placard, cette foutue boîte de Ricoré.

Tromper ou pas tromper ?

— Je me demandais… tu as des fantasmes, toi ?

— Bah oui, tout le monde en a.

— Oui, ça je sais. Tu as des fantasmes avec ton mari ? Je veux dire, quand tu rêves qu'il se passe des trucs, c'est ton mari qui est aux commandes ou bien c'est un autre homme ?

— La plupart du temps, c'est lui et moi. Mais pas toujours.

— C'est qui, sinon ?

— J'en sais rien. Ça dépend.

— Ton boss ? Ton voisin ? C'est des vrais hommes que tu peux croiser tous les jours ?

— Non, non, jamais de la vie ! Y a personne que je puisse croiser tous les jours et qui soit plus excitant que mon homme. Et puis franchement, je ne pourrais pas. Non, c'est plutôt des acteurs, tu vois.

— Oui, je vois très bien.

— Tiens, l'autre jour par exemple, il y avait Romain Duris à la télé. Il est carrément à tomber. Son regard, son sourire un peu idiot quand il est amoureux, sa barbe de trois jours… enfin tu vois. Eh bien, je ne te cache pas que ce soir-là, c'est plutôt avec Romain Duris que je me suis couchée. Ça ne t'arrive jamais à toi ?

— Si, tout le temps. Je fantasme tout le temps.

— Sur ton mari ?

— Ben non, justement.

— Sur qui par exemple ?

— Sur Brad Pitt.

— Et sur qui d'autre ?

— Que Brad Pitt.

— Brad Pitt… c'est un peu bidon, non ? Ça fait gamine de quinze ans shootée aux hormones. Mais pourquoi pas, après tout.

— Le truc, c'est que je fantasme à mort sur lui. Tout le temps. Depuis des mois. Jamais sur mon homme. Du coup, je me demandais, fantasmer sur Brad Pitt, c'est déjà tromper ?

— Fantasmer sur Brad Pitt, ce n'est jamais tromper. Si tu fantasmais sur le voisin, je ne dis pas. Ça serait peut-être un peu tromper. Mais fantasmer sur Brad Pitt, à mon avis, tu peux te lâcher.

Ça puerait le vieux couple à plein nez

Une fois, ils s'étaient dit *Je t'aime*, sans même le dire vraiment. Et ce fut très beau. C'était un soir, elle ne se souvient plus quand exactement, mais il y a bien quarante ans de cela. Au moins !

Ils étaient invités chez des amis. Elle ne se souvient plus lesquels, d'ailleurs, mais c'était une soirée qui réunissait plusieurs couples. Le genre de soirée où l'on parle du dernier livre lu, du dernier film vu, de ceux qui ne sont pas là, ou encore de politique, jusqu'à ce que ça dégénère. Ensuite on passe aux prochaines vacances pour changer de sujet, et aux enfants si on en a. Qui sait, ce soir-là ils avaient dû parler de la mort de Mike Brant ou peut-être du projet de loi sur l'avortement de Simone Veil. Comment s'en souvenir ? C'est si loin tout ça.

C'était en tout cas ce genre de moment où les gens profitent de discussions anodines, en apparence, pour régler leurs comptes façon passif-agressif. Si possible avec témoin, sinon, ce n'est pas drôle. Elle déteste jouer le rôle du témoin dans ces situations.

Il t'a offert un week-end en amoureux ? C'est pas à moi que ça arriverait ! Elle vient te chercher à chaque fois que tu rentres de voyage ? Tu ne connais pas ta chance ! Ces petites phrases, balancées comme si de rien n'était, mais de manière suffisamment sonore pour qu'elles fassent leur effet. C'est-à-dire, pour que le principal intéressé l'entende, pour qu'il sache que ça lui est destiné, que tout le monde l'a bien compris, et dans l'espoir de le faire culpabiliser. Comme si être rabroué avec autant d'agressivité pouvait susciter le désir d'offrir à l'autre une escapade romantique. Comme si ça pouvait donner envie de le gâter plus et de l'aimer mieux. Sérieusement !

Aujourd'hui encore, elle ne supporte toujours pas ce genre de petites perfidies qu'on envoie à celui ou celle qu'on est censé aimer. Les coups bas mesquins qu'on s'autorise, au prétexte qu'on est mariés et que tout est permis, puisqu'on s'aime !

Elle avait été tellement reconnaissante envers son mari de ne pas participer au mouvement général ce soir-là et de se contenter de débarrasser les plats vides qui traînaient sur la table, de la regarder de loin et de lui sourire, de lui passer la main dans le dos quand il arrivait à sa portée. De botter en touche, discrètement.

Quand la conversation avait fini par arriver à *C'était quand la dernière fois que votre mari ou votre femme vous a dit je t'aime ?*, elle avait tout de suite su que ça ouvrirait grand la porte aux uppercuts pernicieux et aux directs bien appuyés. Et ça n'avait pas manqué.

Aussi, quand son tour était arrivé, elle avait souri et simplement répondu *Nous, on se le dit tout le temps*, en le regardant droit dans les yeux.

C'était faux, mais pas tant que ça, finalement.

C'était juste devenu pénible, Calais sous la pluie

Elle marchait quelques mètres devant lui et ses mèches blondes flottaient dans l'air marin. Elle faisait souvent ça parce qu'elle aimait se retourner et le voir qui la regardait. Du coup, il avait pris l'habitude de la photographier soit de dos, soit juste au moment où elle tournait la tête, ce qui la rendait encore plus belle sur la photo. Il en avait des centaines d'elle, dont quelques-unes étaient d'ailleurs accrochées chez eux. Mais il avait toujours préféré celles où elle ne lui faisait pas complètement face.

C'était leur truc à eux, les promenades en hiver, quand tout le monde s'en fout de la mer. À tel point qu'on leur demandait souvent à quoi bon posséder une maison si près de la plage, pour ne s'y balader qu'en hiver. Ils préféraient la mer en morte-saison, c'était ainsi. Et s'il pouvait bruiner en prime, ça leur plaisait davantage encore, parce que ça leur donnait l'impression de nager à contre-courant. D'avoir tout compris.

C'était leur truc, de faire les choses autrement. Ils cultivaient cette attitude à la manière d'une rébellion. Ils s'étaient construits sur le principe de ne rien faire comme tout le monde. Manière de se rassurer. Ce qui arrivait aux autres ne leur arriverait pas à eux. Ou alors ça leur arriverait différemment, et donc ça serait forcément mieux.

Ils avaient pris soin d'éviter les clichés. Pas d'anniversaire de rencontre, d'anniversaire de premier baiser ou de *on s'est mis ensemble*. Pas d'anniversaire de quoi que ce soit, d'ailleurs. Pas de mariage traditionnel, évidemment. Juste un rendez-vous à la mairie, un jeudi après-midi, avec deux témoins et un agent du service de l'état civil. Pas de petites attentions guimauves. Pas de truc qui dégouline, ou si peu. Pas de jalousie, pas de concession, pas de *je me sens obligé de te faire plaisir, même si je me force un peu*. Pas de repas de famille, ni de belle-famille, parce que *rien ne t'oblige à supporter ça*. Aucun projet à long terme, à part une maison qu'ils avaient fait construire il y a huit ans, pas de projet à moyen terme non plus, *pas de ça entre nous*. Ils avaient choisi de vivre leur vie à contretemps.

Sauf que là, il avait le sentiment de se retrouver dans la même impasse que tous les autres, avec sa super maison en bord de mer, ses deux mômes tirés à quatre épingles, sa femme moderne et indépendante et son cabinet de consulting en développement international.

Sauf que là, elle marchait devant lui et il se sentait comme un de ces types qui se réveillent un matin pour se rendre compte que leurs femmes ne les font plus bander.

Là, c'était juste devenu pénible cette plage déserte, ce froid glacial, cette pluie de merde qui n'allait pas tarder à leur tomber sur le coin de la figure, et elle, qui s'obstinait à marcher plusieurs mètres devant lui, alors qu'il n'avait même pas pris son appareil photo !

Augmentation mammaire

— Ils sont pas mal tes seins.

— Merci.

— Ouais, je trouve ça marrant des tout petits seins. Et puis en plus, t'as l'air de bien assumer, en vrai.

— C'est sans doute parce que je ne les trouve pas si petits, en vrai.

— Cool. Mais tu sais, princesse, si jamais tu envisageais un petit coup de chirurgie pour gagner un bonnet ou deux, sache que je te soutiendrais.

— Pourquoi tu me dis ça ? Je les aime bien mes seins. Ils ne sont pas très gros, mais je n'ai pas non plus prévu de me lancer dans la téléréalité ou le porno, alors tout va bien…

— Oui, oui, ils sont pas mal. C'est juste que si tu voulais, je comprendrais.

— Bah, ça va aller, merci.

— Perso, ce que je préfère, ce sont tes fesses. T'as vraiment des fesses de ouf.

— OK.

— Cela dit, fais gaffe quand même, princesse. Faudrait pas que tu prennes trop du cul non plus. Parce que là, des petits seins sur un gros cul, ça serait le pompon.

Ils sont pas mal tes seins. Mais si jamais tu envisageais un petit coup de chirurgie... En temps normal, ça aurait dû déclencher un gyrophare, en mode alerte rouge, dans son cerveau.

Ça aurait dû percuter, sans déconner.

Au lieu de quoi, elle était allée taper « augmentation mammaire » sur Google.

Moches

Il y a des jours où elle se trouve moche, dans le miroir. De plus en plus souvent, au fur et à mesure que les années passent.

Elle lui dit : *Regarde, ça dégringole*, d'un air désespéré en lui montrant la peau de son ventre qui est un peu flasque, en effet, mais pas tant que ça, finalement. Elle lui dit aussi : *Le temps est un faux jeton, il passe comme si de rien n'était, il fait ses petits coups en douce, et quand tu t'en aperçois, il est déjà trop tard.* Elle se scrute dans le miroir, tire la peau de ses joues vers le haut pour retrouver son visage de jeunesse. Il lui répond : *Si tu recules de deux pas, tu ne les verras plus, tes rides. Moi, c'est ce que je fais*. Deux pas en arrière et le problème est réglé.

Lui, il la trouve belle. Oui, même avec ses cheveux gris. Oui, même avec ses rides. Oui, même avec sa taille qui s'est un peu épaissie. Elle est son temps qui passe. Elle est celle qui lui a donné deux enfants et qui en a gardé un ventre un peu mou et quelques vergetures. Comment ne pas aimer ces marques qui ont fait de lui un père ? Elle est la femme qu'il aura cherché à faire rire aussi souvent qu'il l'aura pu. Celle qui a toujours été à ses côtés, quand la vie s'est montrée difficile. Celle qui a veillé en attendant qu'il rentre de voyage. Celle qui a imaginé tout un tas de solutions à tout un tas de soucis. Comment ne pas aimer ces rides qui lui rappellent leurs innombrables fous rires et les épreuves qu'ils ont surmontées ensemble ?

Ce corps, qui ne dégringole pas tant que ça, est d'abord le reflet d'une vie écoulée. Une vie presque entière à ses côtés. Une vie dont il a oublié à quoi elle ressemblait, avant elle. Cinquante ans après leur première rencontre, bien sûr que leurs corps ont changé ! Même lui n'y a pas échappé et cela fait un bon moment que son dos ne lui permet plus de grimper les montagnes, que son cœur ne supporte plus les sports à risque qu'il adorait. Il y a bien longtemps que ses cheveux ont viré au gris et que ses yeux ont besoin de lunettes. Ils ont vieilli, certes. Pas de quoi en faire un drame.

Elle dit : *Regarde, ça dégringole,* et il n'est pas d'accord pour qu'elle se trouve moche. Il a suivi la métamorphose de ce corps et il remercie la vie pour ce cadeau. Ce n'est pas donné à tout le monde.

Ceux qui habitent la même sorte de fêlure

— Ça te dirait d'aller boire un verre, ou un truc du genre ?

Elle ne s'expliquait pas ce qui l'avait poussée à lui parler. Une audace inhabituelle, qu'elle regretterait peut-être, si elle devait se rendre compte que, en réalité, elle avait affaire à un dangereux psychopathe. Mais cela faisait cinq ou six fois qu'ils se croisaient au lavomatique du bas de la rue Voltaire, et elle s'était dit, *pourquoi pas* ?

Passer une heure par quinzaine à laver son linge sale d'étudiante fauchée et déprimée dans une laverie lui en avait beaucoup appris sur les gens.

Elle ne le connaissait pas, mais elle savait avec certitude qu'il ne portait que des boxers noirs. C'était une information tout de même vachement intime, ça, les boxers noirs. Elle n'était capable de ce point de détail pour aucun de ses amis. Caleçon, slip ou boxer, en matière de sous-vêtements, elle connaissait les goûts de quatre hommes, en tout et pour tout : ses deux frères, son père et son ex. Et maintenant lui, qui ne portait que des boxers. Noirs.

Semaine après semaine, elle avait appris plusieurs choses à son sujet. Elle était à peu près certaine qu'il était célibataire car il ne lavait jamais aucune fringue de fille. Elle avait découvert qu'il était du genre à trier son linge pour ne pas mélanger le blanc avec les couleurs. Il était du genre à utiliser une lessive écolo, à défaut d'être bio. À secouer vigoureusement les vêtements après lavage pour éviter les plis. À sortir un livre de sa poche, plutôt qu'un smartphone, pour passer le temps en attendant que la machine ait fini de tourner. Et surtout, il était du genre qui aidait les autres à plier leurs draps quand ils les sortaient du sèche-linge, pour éviter que ça ne traîne par terre. On ne peut pas être totalement mauvais, quand on aide les gens à plier leurs draps sans même qu'ils aient à vous solliciter.

Elle sentait que c'était un gentil, et elle avait vraiment besoin de quelqu'un de gentil dans sa vie, à ce moment-là.

Alors, elle avait commencé à lui dire bonjour chaque fois qu'ils se croisaient, elle lui avait offert une part de brownie, un jour. Elle lui avait même souri, la semaine dernière. Et aujourd'hui, au moment où sa machine était passée en mode essorage, elle s'était tournée vers lui pour lui proposer d'aller boire un verre, ou quelque chose du genre.

Il l'avait regardée comme si elle débarquait d'un thriller psychologique ou d'un livre de Stephen King.

— En fait, je crois que je ne suis pas prêt… pour un verre. Ou pour n'importe quel truc du genre. Et surtout pas pour du Ricoré, avait-il répondu. Je crois que j'suis pas prêt à laisser une fille me sourire, à la suivre, peu importe où. À me réjouir qu'elle se soit épilé les jambes. J'suis pas prêt à laisser une fille se faire belle pour moi, ni à trouver qui que ce soit de belle, en fait. Et puis, je n'ai pas trop envie de devoir changer de laverie. J'ai déjà dû faire le deuil de ma machine à laver, alors là, non merci !

Elle avait eu envie de l'arrêter tout de suite et de lui dire que *non, non, non, ça n'est pas du tout de cela dont il s'agit*. Lui dire qu'il se gourait, ah ça oui, il se gourait ! Qu'elle n'était même pas épilée (sans trop savoir ce que ça avait de rassurant d'ailleurs, mais bon). Lui demander ce que ça venait faire là, cette histoire de Ricoré. Il avait l'air affolé, et elle n'aimait pas tellement ça chez un homme. Parce que l'affolement, c'est un peu l'antichambre de la lâcheté.

Et lui, il était déboussolé par ce qui lui arrivait, visiblement, et terrorisé, aussi, par la réaction disproportionnée que ça provoquait chez lui. Et ça le faisait parler, parler, parler, sans même reprendre sa respiration. La logorrhée de ceux qui se sont tus trop longtemps. Et elle, elle devinait qu'au-delà de ces trucs, qu'il prétendait ne pas être prêt à vivre, c'était surtout ceux qu'il avait déjà vécus, qui se dessinaient.

Elle se contenta d'écouter sa litanie, en signe de sympathie. Elle y voyait un genre de solidarité que se doivent ceux qui habitent la même sorte de fêlure.

Quand le rythme de ses mots se mit à ralentir, elle sut qu'il allait bientôt s'arrêter de parler. Et que son silence donnerait sans doute le signal du sauve-qui-peut. Après ça, il n'aurait d'autre objectif que de l'éviter. Il changerait sans doute de laverie et elle ne le reverrait plus. L'affolement, la lâcheté, c'était presque écrit d'avance. Ça aurait été dommage.

Elle sentit que le seul moyen d'empêcher cela, c'était sans doute de l'interrompre sur-le-champ, avant qu'il ne le décide lui-même. L'interrompre, comme on force le changement d'aiguillage, pour éviter que le train ne déraille.

— Et pour de l'amitié ? Tu te sentirais prêt, pour de l'amitié ? lui dit-elle sans se démonter.

— Pardon ?

— Je ne te propose pas un rancard ! Juste d'aller boire un verre, au lieu de poireauter ici pendant que la machine tourne.

— Ah ! OK.

— Je ne me cherche pas un mec. Je veux juste qu'on soit amis. Enfin, si ça te branche.

— On ne peut pas décider d'être amis, juste comme ça. Il faut se connaître un minimum pour bâtir une amitié. Tu ne peux pas décider de proposer un truc pareil à un parfait inconnu, ça n'a pas de sens.

— En temps normal, j'aurais dit comme toi. Et même, j'aurais sans doute pris la fuite si on m'avait fait le coup. Mais, toi, je ne sais pas, t'as l'air différent. Enfin, je veux dire… tu aides les gens à plier leur linge !

Simple prise de renseignements

Au fait, nouvelle amie,
tu fais quoi dans la vie ?

Je recrute des pigeons dans les laveries
pour leur proposer des mariages
arrangés avec des filles de l'Est.

Non, mais… Sérieusement ?

Je suis en deuxième année à l'école
de journalisme. Et je travaille
comme vendeuse dans une boutique
de fringues vintage le samedi.

Et toi ? Balance le CV.

23 ans. Master 2 en Lettres Modernes.
Et « hôte de caisse » au Furet du Nord.

Monsieur est un intello ! ;-)

N'importe quoi !

N'importe quoi ! Il ne savait pas comment ça se passait au lycée, mais lui, il était certain que la sauterelle qui lui servait de frère lui avait raconté des mythos.

La Sauterelle se foutait tout le temps de lui. Il ne comprenait rien à rien. Il avait dit qu'on ne *sortait* pas avec une fille à neuf ans, que c'était *du fake*. Il lui avait dit qu'il était ridicule, qu'ils ne se faisaient même pas des bisous sur la bouche, et tout, avec Odessa. Il avait dit *Tu n'y connais rien, tu veux faire le bonhomme alors que t'es juste un bébé qu'a besoin de sa mère pour traverser la rue !*

En vrai, c'est la Sauterelle qui n'y connaissait rien ! En vrai, depuis qu'il avait demandé à Odessa de sortir avec lui, sa vie avait changé. Toute sa vie. Depuis qu'Odessa avait répondu *oui*, elle l'attendait devant l'école avant de rentrer dans la cour. Et lui, pareil. Il savait qu'elle n'attendait personne d'autre comme ça. Il le savait parce que c'était la même chose pour lui.

Ça ne se voyait pas – et du coup, la Sauterelle n'y comprenait rien – parce que tout restait à l'intérieur, les choses se vivaient en dedans. En vrai. Et c'était pas *du fake*.

Depuis qu'elle avait dit *oui*, Odessa portait l'écharpe qu'il lui avait prêtée – son écharpe préférée ! Elle ne donnait plus la main à personne d'autre que lui, quand il fallait se mettre en rang devant la maîtresse. Sauf à Sonia, des fois, parce qu'elles avaient des secrets entre elles. Mais même là, il savait qu'elles parlaient de lui, elles le regardaient en se cachant la bouche pour parler et elles rigolaient.

Depuis qu'ils sortaient ensemble, même son prénom était devenu différent. Avant, quand il disait *Odessa*, il avait peur de se faire gronder, que ce soit presque une bêtise. Mais maintenant, c'était comme s'il avait le droit de le dire, comme s'il avait un laissez-passer spécial, une autorisation rien qu'à lui. *Odessa*. Maintenant, quand il disait *Odessa*, il n'avait plus peur. C'était presque comme si son prénom à elle était aussi un peu à lui.

Alors, il ne savait pas à quoi pensait la Sauterelle, mais c'était du grand n'importe quoi. C'était lui qui était *du fake*, en vrai. Parce que tout ça n'avait rien à voir, mais alors rien de rien, avec une affaire de bisous sur la bouche. Ben non ! Il avait découvert un truc incroyable, quand une fille vous dit *oui* – même sans bisou sur la bouche – ça changeait tout.

La première fois

La première fois, ça lui avait sans doute échappé.

Il avait dû passer une mauvaise journée, perdre du temps dans les bouchons, s'engueuler au téléphone avec son père, galérer pour se garer, se prendre la tête avec la gardienne, s'apercevoir qu'il était fauché, ou alors boire un peu trop…

Elle ne savait pas à quel moment exact ça avait vrillé, mais il s'était soudain mis à lui parler d'une tout autre voix, à la regarder d'une façon qu'elle ne lui connaissait pas. Un autre homme se trouvait face à elle, moins gentil, plus inquiétant, et elle ne parvenait pas à identifier ce qu'elle avait pu dire ou faire pour qu'il la dévisage ainsi. Il était bien loin, le prince charmant, à ce moment-là.

Quelque chose venait de vriller.

Une minute plus tôt, elle lui racontait sa journée avec une certaine désinvolture, s'étonnant tout de même de ne pas arriver à lui décrocher un sourire ou un mot gentil. Et l'instant d'après, elle s'était retrouvée en mode Cendrillon, à genou sur le sol, en train de ramasser le contenu de l'assiette à peine entamée qu'il avait envoyée valser à travers la pièce, d'un revers de main.

La première fois, c'est sûr, elle avait dû le contrarier…

Il n'était pas Brad Pitt

Elle n'avait jamais foutu les pieds dans cette ville qui n'était pourtant qu'à une heure et demie de train de chez elle. En même temps, Calais...

Mais sa boîte venait de l'affecter à ce foutu groupe-projet spécial Brexit, une mission de plusieurs mois qui impliquerait des réunions régulières avec l'équipe Nord. Une vraie galère, qui l'avait obligée à partir avant le réveil des enfants, pour être certaine d'arriver à l'heure.

Elle avait toujours eu horreur d'être en retard. Résultat, elle avait une demi-heure d'avance et elle se retrouvait à faire le pied de grue devant la machine à café, en attendant les autres. Elle avait également horreur d'être trop en avance. D'une façon générale, elle avait surtout horreur des mauvais timings.

C'est à ce moment-là que ça s'était produit.

Elle avait entendu quelqu'un venir, avait espéré un instant que ça ne soit pas un relou qui lui casserait les pieds en essayant de briser la glace, histoire de passer le temps.

Il était arrivé en longeant le couloir jusqu'au recoin de la machine à café, sans même la regarder. Beau. Enfin, non, pas beau... désinvolte. D'une façon qui donnait immédiatement envie d'être remarquée par lui. C'était pire que beau.

Pour être honnête, il n'était pas Brad Pitt. Il était beaucoup plus banal. Beaucoup plus normal. Beaucoup plus réel aussi (même si Brad Pitt devait sans doute être très réel dans la vie des personnes qui le côtoyaient). Il avait mis sa pièce dans la machine à café, s'était apprêté à appuyer, avait hésité avant de se tourner vers elle.

— Vous me conseillez l'expresso ou le cappuccino ? Je n'arrive pas à me décider...

Il n'était pas Brad Pitt, il lui avait parlé normalement. Il bossait en tant que consultant dans une boîte spécialisée en commerce international. À Calais. Il était grand, mais pas trop. Il ne s'était pas rasé ce matin-là, mais il s'en foutait. Il ne souriait pas. Il avait gardé une main dans sa poche au moment de choisir son café. Il avait hésité entre expresso et cappuccino, et elle était à peu près certaine qu'un type comme Brad Pitt n'aurait pas hésité dans une telle situation. Il avait les yeux presque noirs. Des cheveux bruns, qui commençaient à grisonner.

Il n'était pas Brad Pitt. Rien à voir.

— Vous croyez vraiment que ça fait une différence ? avait-elle répondu en faisant mine de consulter un message important sur son téléphone.

— Pardon ?

— C'est juste de la poudre déshydratée avec de l'eau chaude, avait-elle continué, en relevant la tête. Faut pas en espérer grand-chose, à mon avis.

Il avait appuyé sur un bouton. Un peu au hasard. De toute façon, il fallait bien se décider. Elle l'avait regardé en espérant qu'il choisirait l'expresso. Ça avait tout de même plus de gueule qu'un pauvre cappuccino. L'expresso, ça disait quelque chose, non ? Ça revendiquait un côté viril, ça refusait de se laisser affadir, ça assumait de râper un peu le palais et de filer un goût amer dans la bouche.

— Alors ? lui avait-elle demandé, alors qu'il venait de saisir le gobelet en essayant de ne pas se brûler les doigts.

— J'ai choisi l'expresso.

Il n'était pas Brad Pitt. Il était beaucoup plus dangereux.

Les matins

Clac. Ce seul bruit suffit à lui indiquer que sa femme venait de partir travailler. Rien jusqu'alors ne l'avait sorti de son sommeil. Ni le réveil qu'elle avait mis en mode vibreur sous son oreiller, ni le mouvement de son corps au moment de quitter le matelas, ni le bruit de ses pas sur le sol, puisque ses pas ne faisaient aucun bruit. Jamais.

Ça faisait *clac* lorsque la porte d'entrée se refermait. Pas un franc et retentissant *clac*, non. Juste un *clac* un peu sourd, comme étouffé. Un bruit qu'il fallait connaître pour le reconnaître dans le silence du matin. Un *clac* d'habitué, qui aurait échappé à tout autre, mais qu'il savait parfaitement identifier. Un de leur seul bruit familier.

La maison qu'ils habitaient en bordure de Calais était semblable à leur façon de fonctionner. Elle permettait à chacun de vivre sa vie sans déranger l'autre, sans qu'il ait même conscience, parfois, de la partager, si ce n'était toutes les photos qu'il avait faites d'eux. Des portraits d'elle et de leurs deux enfants, avec la mer du Nord qui s'étalait à perte de vue, pour orner des murs irrémédiablement blancs.

D'ailleurs, il y avait généralement peu de gestes entre eux. Ils en étaient économes. C'était même ce qui lui avait plu chez elle, lorsqu'ils s'étaient rencontrés, du moins à l'époque. Elle lui avait dit *Je préfère te prévenir, marcher main dans la main sur la plage, prendre le petit déj' au lit et se dire des mots doux sur l'oreiller, ça n'est pas trop mon truc*. Ça ressemblait à une promesse d'emmerdement minimum, et ce fut le cas. *Pas de ça entre nous*, lui disait-elle souvent. *Pas de ça entre nous.* Jamais elle ne lui reprocha de ne pas être tactile, de ne pas l'appeler pour la prévenir qu'il était bien arrivé quelque part, de ne pas célébrer cette connerie de Saint-Valentin ou d'oublier de lui souhaiter sa fête. Jamais il n'eut à ramasser la moindre miette de croissant dans leur lit.

Cela faisait une bonne douzaine d'années, maintenant, qu'ils se construisaient une vie où chacun évoluait dans une dimension parallèle, sans réellement chercher à croiser la trajectoire de l'autre.

Même leurs enfants, dont tout le monde vantait la maturité et l'indépendance, on les entendait à peine. Juste un *clac* le matin, et le bruit des deux bols déposés dans le lave-vaisselle. Pareil le soir. *Clac*, et les pas de deux silhouettes qui grimpent l'escalier pour rejoindre leur chambre sans un cri, ni un mot plus haut que l'autre, jusqu'au repas du soir. Des enfants parfaits, leur disait-on. Des inconnus, pensait-il, parfois.

Ils s'étaient construit une maison où tout avait été pensé pour leur rendre la vie facile. À l'époque, ils avaient passé des mois à en élaborer les plans, imaginant à l'avance leurs déplacements et leur manière d'y vivre, afin d'en limiter les obstacles, et d'en favoriser l'ergonomie. Ils avaient analysé chaque matériau, avait fait la liste des avantages et des inconvénients du carrelage, du parquet, et du béton ciré dans un tableur Excel. Et ils avaient finalement opté pour le béton ciré. C'était plus cher, mais tellement plus classe que le carrelage, et tellement plus pratique à entretenir que le parquet, surtout lorsqu'on vit près de la plage, là où le sable s'insinue partout. Et il en avait été ainsi pour chaque chose. Indice phonique, qualité thermique, rapport qualité-prix, pérennité, entretien, coût à long terme... du sol au plafond, chaque élément avait été soigneusement choisi. Rien n'avait été laissé au hasard.

Le chantier avait duré pas moins de deux ans, avant qu'ils puissent emménager dans un espace de vie où tout avait été pensé pour limiter les allées et venues, pour simplifier la logistique, éliminer le bruit, optimiser la lumière et réduire la saleté à son minimum. Rien ne dépassait. Leur maison était un modèle de domotique qui détectait seule la température en baisse, le frigo presque vide ou l'arrivée d'un des membres de la famille, une fois la journée terminée. Un endroit aseptisé, où il suffisait d'appuyer sur un bouton pour que portail et volets se ferment et que la lumière du salon s'éteigne. Un modèle du genre, où il suffisait d'une commande vocale pour qu'un bidule high-tech signale aux enfants qu'il était temps de descendre, sans avoir besoin de se poster en bas de l'escalier pour lancer le *À table*, aussi tonitruant qu'inefficace, qui résonnait sans doute au même moment, dans toutes les autres maisons du quartier.

Ils vivaient dans un endroit où leurs habitudes étaient planifiées, le parcours déjà tout tracé et leurs bruits étouffés. Une maison où chacun pouvait fonctionner sans déranger l'autre, comme l'aspirateur qui glissait silencieusement sur le sol, à l'affût des grains de sable, dont il faisait son affaire sans qu'on ait à le lui demander. Il suffisait de suivre les rails.

Ils s'étaient construit une vie insonorisée. Ils avaient opté pour des matériaux pratiques, mais sans âme, et il regrettait, parfois, de ne pas avoir choisi un parquet rustique qui aurait grincé sous ses pas lorsqu'elle partait le matin. Il aurait aimé sentir des lamelles de bois s'affaisser légèrement sous son poids lorsqu'il la rejoignait le soir. Il aurait aimé davantage d'acoustique.

Cela faisait maintenant plusieurs années qu'ils vivaient dans ce modèle d'architecture contemporaine, qui avait fait l'objet de quelques articles dans des revues de décoration, et son cerveau fatigué en était arrivé à élaborer une théorie un peu hasardeuse. Il se demandait à quel point ne pas sentir la présence de ceux que l'on aime, ne pas entendre leurs bruits, ne pas sentir leurs odeurs, à quel point ne pas être dérangé pouvait vous éloigner les uns des autres, et contribuer, finalement, à vous détacher. Parce que là, manifestement, il ne se sentait plus vraiment lié à qui que ce soit, dans cette existence.

À quel point ils étaient intimes

Un soir, il l'avait appelée. C'était la première fois que son nom s'affichait sur l'écran du smartphone pour un appel. Jusqu'alors, ils n'avaient échangé que des SMS, et des conversations à bâtons rompus de part et d'autre d'une panière de linge ou d'une table de bistrot.

Il l'avait appelée, elle. Et elle ne s'expliquait pas pourquoi, vu qu'ils n'étaient pas si proches que ça, en vérité. Même si elle savait de lui qu'il ne portait que des boxers noirs, et qu'il avait un jour ramassé une de ses culottes moches qui était tombée par terre. Si on le lui avait demandé ce jour-là, elle aurait été incapable de dire jusqu'à quel point ils étaient intimes. Il ne connaissait pas son adresse exacte, même s'il savait que c'était à deux minutes à pied de la laverie et à quelques rues de chez lui. Et pour sa part, même s'il lui avait montré son immeuble de loin, elle n'était jamais entrée chez lui.

C'était un soir, vers la fin de l'été. Il avait fait beau toute la journée et le studio de la rue Voltaire s'était transformé en fournaise. Lorsqu'elle repensait parfois à ce moment, elle sentait encore le léger tissu de sa robe sur sa poitrine. Une robe dos nu qu'elle ne portait que les jours de grosse chaleur. Et on crevait littéralement de chaud, ce soir-là, au moment où le téléphone avait sonné.

— Je suis un peu paumé, là. J'ai besoin de parler à quelqu'un, lui avait-il dit.

Alors elle était venue.

La fille des réunions

Il y avait cette fille, celle qui était spécialisée en marketing. Il y avait environ un mois, on lui avait collé dans les pattes la coordination d'un groupe-projet destiné au soutien des succursales dans leur anticipation du Brexit. Un truc chiant comme la mort, mais crucial pour l'entreprise.

Alors, il avait demandé à son assistante de mettre en place un planning de réunions de travail, afin d'avancer sur le dossier sans délai. Elle avait organisé une réunion bimensuelle avec les représentants de chaque succursale, qui viendraient sur place, à Calais, pour faire un point régulier. Et lorsqu'elle lui avait soumis le planning, il lui avait reproché d'avoir eu la main un peu lourde.

— Mais c'est le Brexit, monsieur ! On ne peut pas prendre ça à la légère !

Oui, c'était le Brexit. Il fallait s'y coller sérieusement. Putain, ils faisaient vraiment chier ces Anglais !

Il faisait en sorte d'éviter toute forme de réunion. Les séminaires, les conférences, les workshops, les débriefings, et tout ce qui ressemblait de près ou de loin à une réunion, lui semblaient d'un ennui mortel et d'une efficacité plus que douteuse. Mais là, pas moyen d'y échapper. Le cycle interminable des ateliers de travail avec le groupe-projet avait débuté dans la morosité. Il traînait des pieds pour s'y rendre. Se retrouver avec ces techniciens sordides, dans une même pièce, pendant toute une journée, répondre à leurs questions, à leurs inquiétudes, tirer des plans sur la comète, faire des hypothèses, prévoir des plans B. Et puis, ce café dégueulasse...

Mais c'était ainsi, on ne rigole pas avec le Brexit, surtout quand on a fait de vous un spécialiste de la question.

Les réunions avec le groupe-projet, c'était son calvaire. Le truc qui lui pourrissait son dimanche soir lorsqu'il checkait son agenda afin de planifier sa semaine, dans sa belle et tranquille maison témoin du bord de mer. Le boulet qui lui collait aux basques jusqu'au vendredi. Tous ces gens guindés, qui épilogueraient pendant des heures pour savoir si l'on devait créer des sous-groupes-projets. Tout ce temps perdu à les écouter se demander s'il ne vaudrait pas mieux repousser le kick-off. Une tannée !

Et puis il y avait cette fille, qui semblait ne pas vraiment tenir compte de son avis, ni de celui de personne d'autre, en vérité. Cette brune dont les mèches de cheveux ne tenaient pas en place, qui avait un téléphone datant au moins des années 1990, et qui agissait comme si rien n'était vraiment grave au fond. Pas même ce foutu Brexit.

Il y avait donc cette fille, la quarantaine, un peu agaçante, qui semblait s'être donné pour mission de le pousser dans ses retranchements. Sans doute une manière de se venger des allers-retours en train que ces réunions l'obligeaient à faire un vendredi sur deux.

— Et donc, tu as des écouteurs sans fil dans les oreilles ? lui avait-elle lancé aujourd'hui d'un ton moqueur.

— On appelle ça des Air Pods.

— Et ?

— Et rien. C'est ce qui se fait de mieux sur le marché. C'est très pratique de ne pas avoir de fil.

— Mais… juste entre nous, tu as conscience que ça te donne un air absolument ridicule ?

Cette fille était folle. Elle lui parlait comme à un simple pote, elle ne connaissait rien à la technologie et elle venait de le traiter de bouffon avec ses écouteurs à deux cents boules dans les oreilles.

— Tu déconnes ? Ça vaut une blinde.

— Le prix, ça ne veut rien dire. C'est comme ton téléphone.

— Quoi, mon téléphone ?

— Lui aussi il a dû te coûter *une blinde*, comme tu dis. Mais franchement, tu as vu la taille de ce machin ? C'est quoi l'idée, avec des téléphones aussi grands ? Regarde ça, il ne tient même pas dans ta poche de pantalon.

— Euh, ce téléphone est à la pointe de la technologie, ma vieille.

— Et alors ? Tu crois qu'il téléphonerait moins bien, s'il était plus petit ? Ou moins cher ? Ou plus ancien ? Sérieusement, ça ferait quoi d'avoir un modèle ordinaire ? Du moment qu'il fait ce qu'on lui demande, on n'a pas besoin qu'il soit le meilleur. C'est juste pour ton ego, que c'est meilleur, en vrai. Qu'est-ce qu'on en a à foutre, s'il est juste normal ? C'est vrai, ça me tue ça, les gens veulent toujours ce qu'il y a de mieux : le meilleur téléphone, la meilleure voiture, les meilleurs résultats, la meilleure école pour leurs enfants, le meilleur quartier de la ville, la meilleure vue dans l'avion, la meilleure place de restaurant… Sinon, quoi ? Tu crois que ça ferait de toi quelqu'un de moins bien, si tu n'avais pas le *meilleur téléphone du moment* ? Et ta vie, c'est aussi la meilleure du marché ? Parce que sinon, ça serait franchement très con, non ?

D'accord, cette fille était cinglée. Mais elle posait quand même des putains de bonnes questions.

La deuxième fois

La deuxième fois, elle l'avait sans doute cherché.

Sa jupe était un peu trop courte, ses cheveux un peu trop bouclés, sa bouche un peu trop maquillée, ou alors ses fesses étaient trop moulées.

La deuxième fois, elle ne l'avait pas vu venir.

Sa machine à laver

Il ne réussissait pas à décoller son regard de la machine à laver. Cela faisait maintenant quelques semaines qu'ils discutaient autour d'un verre pendant que leur linge tournait dans le lavomatique à deux minutes de là. Et quelques jours qu'ils se voyaient en dehors de la laverie, pour aller traîner dans une expo, ou se livrer à leur passion commune pour la chine, dans les braderies du coin.

Il l'avait appelée l'autre soir, lors d'un moment de déprime. Et elle était venue. Il était tard, mais elle n'avait pas posé de question.

Aujourd'hui, elle lui avait proposé de passer chez elle, rue Voltaire, pour mater *The Handmaid's Tale* en streaming, histoire de se changer les idées après les partiels.

Il s'était assis sur son canapé, avait fait un petit tour visuel du studio qu'elle tenait de ses grands-parents. Il savait qu'il n'était pas question d'héritage, mais il ne se souvenait plus exactement de l'histoire. Il l'avait entendue parler à plusieurs reprises de son studio sous les toits, et s'était toujours imaginé qu'elle squattait une petite chambre de bonne. Mais il découvrait qu'en réalité, il faisait au moins trente-cinq mètres carrés, *loi Carrez* comme dirait Stéphane Plaza, et qu'il était même découpé en plusieurs espaces distincts, grâce aux arches formées par les poutres de la charpente. Il devinait un espace nuit, au-delà de la tenture suspendue. Elle avait également une petite cuisine à moitié ouverte sur la pièce de vie. Elle avait de la chance.

Il était assis sur le canapé, et restait dans une incompréhension totale face à la machine à laver qui trônait sous le plan de travail, entre le frigo et l'évier. Pourquoi diable allait-elle à la laverie, alors qu'elle avait tout ce qu'il lui fallait ici ? En fin de compte, traînait-elle dans les lavomatiques juste pour se trouver un mec ? Lui avait-elle tendu un piège ? Aurait-il dû rester méfiant ? Buvait-elle du Ricoré ?

— Et donc… Tu as une machine à laver, en vrai ? se décida-t-il à lui demander, parce que tout de même, ce mystère méritait d'être élucidé.

— Ah ça ! Oui, si on veut. Elle est en rade. Mais j'essaie de la réparer.

Elle lui expliqua que, selon elle, la machine à laver n'était pas complètement foutue, et qu'elle avait bon espoir de la remettre en état de marche. Elle matait des tutos sur Youtube, et tentait ensuite de mettre en application ce qu'elle y apprenait. Sans succès jusqu'à présent.

— Pourquoi tu ne fais pas appel à un professionnel ? Si ça se trouve, tu t'embêtes pour pas grand-chose.

— Non, non, je sais qu'un jour je vais y arriver. C'est juste une question de temps.

Elle lui exposa une vague théorie, qu'elle avait sans doute élaborée dans son coin, selon laquelle, de nos jours, une femme avait le devoir de se débrouiller seule pour gérer ses travaux de bricolage. Elle lui déclara que le bricolage créait un lien de dépendance capable d'asservir n'importe quelle nana par ailleurs parfaitement accomplie, et qu'il était hors de question qu'elle cède à cette forme sournoise de domination masculine. Elle préférait apprendre toute seule, en matant des vidéos sur Youtube et en parcourant les forums spécialisés plutôt que d'appeler un mec à la rescousse.

Elle lui accordait que, certes, cela l'obligeait à se taper des heures sur Internet, des tentatives de réparation infructueuses et des allers-retours à la laverie, mais que sa liberté et son honneur de femme étaient à ce prix.

Lui, il était prêt à souscrire à sa doctrine dont il comprenait vaguement les motivations, mais il trouvait tout de même très con de se compliquer la vie à ce point. De manière générale, il se méfiait des principes et des théories. Ceci dit, celle-là avait le mérite d'avoir fait entrer cette fille dans sa vie.

— OK. Et sinon, on en parle du vieux poster des Ramones qui est accroché sur ta porte d'entrée ?

— On ne touche pas aux Ramones, mec ! Héritage familial.

L’absence

Un jour, il se rendit compte que quelque chose avait changé. Très précisément, le vendredi où elle n’avait pas pu faire le déplacement pour Calais. Une vague histoire d’enfant malade, qui réclamait la présence de sa mère à ses côtés. Un fâcheux contretemps, qui les obligerait à préciser le plan marketing la prochaine fois.

C’était contrariant, cette absence inopinée.

Il n’y avait qu’elle, dans ce foutu groupe, pour repérer ce que personne d’autre ne voyait, pour pointer les incohérences et remettre en cause un délai trop court ou une mauvaise idée.

Il ne le formula pas de manière aussi précise, ce jour-là, mais tout de même, il remarqua que, d’une certaine façon, il préférait quand elle était là.

La dispute

C'était un jour de mai, ou peut-être de juin, la première fois où ils se sont engueulés. Enfin, vraiment engueulés, comme un couple, pas chamaillés comme des amoureux. Il faisait beau ce jour-là. Un beau soleil et une odeur de printemps dans les rues. Oui, c'est cela, ça devait être en mai.

Elle a toujours été traumatisée par leurs disputes. Par chance, en cinquante ans, elles ont été rares.

Un beau soleil et une odeur de printemps, qui, elle s'en souvient encore aujourd'hui, lui avaient donné envie d'une nouvelle coupe de cheveux, un truc plus léger pour aller avec le temps qu'il faisait.

Elle avait demandé au coiffeur de ne pas trop couper les mèches de devant. De les laisser assez longues pour qu'elle puisse tout de même les glisser derrière ses oreilles. Encore maintenant, elle est impossible quand elle va chez le coiffeur, elle le sait. Elle entre en voulant changer de tête, mais il faut que tout cela reste très naturel, et que l'on ne devine pas d'où provient la différence. Elle a longtemps espéré que la métamorphose serait attribuée à sa seule beauté.

Le coiffeur n'avait rien compris, comme d'habitude, il avait trop coupé. Il lui avait fait le brushing de Farrah Fawcett, que toutes les filles – sauf elle – réclamaient à l'époque. Maudites années 1970. Et elle s'était retrouvée avec des mèches qui ne voulaient pas tenir en place et lui retombaient sans cesse devant les yeux.

Ils s'étaient engueulés pour la première fois, de façon sérieuse, mais elle ne se souvient plus pourquoi. Et ça ne devait pas être si grave, parce qu'à l'époque, il n'y avait rien de très grave, finalement, dans leurs vies.

Ils s'étaient engueulés, et la seule chose qui semblait la préoccuper, c'étaient ses mèches de cheveux qui venaient devant ses yeux au moindre mouvement.

— Bon sang, mais arrête avec tes cheveux. Je te parle, là. Tu ne veux pas m'écouter, plutôt ?!

— Oh, ça va, hein, ce n'est pas ma faute si cet idiot de coiffeur a trop coupé. C'est ridicule et en plus, ça n'arrête pas de tomber. Comment veux-tu que je t'écoute avec cette tête horrible et ces mèches qui n'arrêtent pas de m'enquiquiner ?

Ils étaient à côté du petit bureau, à ce moment-là. Elle s'en souvient parfaitement, parce que soudain, il avait attrapé deux trombones, il s'était approché d'elle avec un air déterminé, il avait saisi les mèches de cheveux récalcitrantes et les avait tout bonnement accrochées à d'autres plus longues et plus dociles, pour qu'elles restent en place, une bonne fois pour toutes.

— C'est bon ? On peut se disputer tranquillement, maintenant ?

C'était un jour de mai, la première fois où ils se sont engueulés. Et la dernière fois date de ce midi. Cela fait, quoi... des années qu'ils ne s'étaient pas disputés. Mais ce sont des choses qui peuvent encore leur arriver.

Elle l'a tout bonnement oublié. Il paraît qu'ils en ont parlé la veille, qu'elle l'avait noté dans l'agenda. Comment a-t-elle pu oublier ? Elle qui se souvient toujours du moindre rendez-vous ? Elle est partie avec la voiture alors qu'il en avait absolument besoin. N'a pas entendu sonner son téléphone une seule fois, au fond de son sac. Son mari l'a attendue toute la matinée, en trépignant d'impatience. Il a d'abord appelé et appelé encore, puis il a vu l'heure de son rendez-vous chez le rhumatologue lui passer sous le nez. Il l'a rappelée de nouveau, s'est franchement inquiété qu'elle ne réponde pas, pour finalement la voir revenir vers midi, gaie comme un pinson après une matinée de lèche-vitrine. Sans aucune notion du temps écoulé. Et se souvenant à peine de la façon dont elle l'avait occupé.

Trois mois de délai ! Ah ça, il le lui a bien répété. Trois mois qu'il allait lui falloir attendre pour avoir un nouveau rendez-vous. Il était furieux. Il est parti en claquant la porte et a fait démarrer la voiture dans un crissement de pneus sur le gravier de l'allée.

C'était ce midi. Ce n'était qu'une petite dispute, pas bien grave, elle le sait. Mais, même après cinquante ans, elle ne s'habitue pas à l'idée qu'ils puissent être fâchés.

Je t'aime

Il monte dans la voiture, il la démarre en appuyant sur l'accélérateur avec autant de force que de colère. Il se dirige en vitesse vers le cabinet du rhumatologue, qui se trouve à une bonne demi-heure de là, en espérant que le spécialiste ne le pénalisera pas trop, pour le lapin qu'il vient, bien involontairement, de lui poser. Peut-être pourra-t-il quand même le prendre, entre deux rendez-vous.

Il se gare comme il peut et descend la rue Monge aussi rapidement que possible, c'est-à-dire pas très vite vu le mal de dos qu'il se coltine, et en évitant, tant bien que mal, les déjections canines. Il stagne sur un trottoir trop étroit et fait exprès de gêner un jeune père qui manœuvre sa poussette comme si c'était un engin de chantier. Une sorte de western urbain. Une basse vengeance contre l'univers qui semble s'être ligué contre lui aujourd'hui.

Il ne décolère pas. Où a-t-elle donc la tête depuis quelque temps ? Elle cumule les inattentions et les oublis. Hier, elle a passé un bon quart d'heure à chercher les clés qu'elle tenait à la main. Lundi, elle est sortie, puis revenue aussitôt car elle ne savait plus où elle avait l'intention de se rendre. Et puis – ça lui revient tout à coup – la dernière fois qu'ils ont évoqué leurs petits-enfants, elle a eu un blanc au moment de dire le prénom du petit dernier. Quelque chose ne tourne pas rond.

Sa colère cède la place à une sourde inquiétude, ce genre de pressentiment un peu étrange, dont on n'arrive pas à se défaire une fois qu'il s'est logé dans la tête. Un petit quelque chose qui ramène à l'essentiel.

Il saisit son téléphone.

— Oui, dit-il d'une voix mal assurée. Oui, je suis en route pour le rhumato.

Il se colle au mur pour le laisser passer, finalement, ce jeune père de famille et son encombrante poussette.

— Non, je ne l'ai pas encore vu. J'y arrive seulement. C'est juste que j'avais quelque chose à te dire. Voilà, je t'aime. Oui c'est ça, je t'aime… Oui, c'est tout. C'est tout ce que j'avais à te dire. C'est pour ça que je t'appelle.

Il raccroche et presse le pas. Il est soulagé de l'avoir appelée. Soulagé de ne pas rester fâché contre elle. Un peu plus léger. Mais pas autant qu'il l'aurait espéré. Quelque chose cloche, il le sent.

La septième fois

La septième fois, il le lui avait pourtant bien expliqué, non ? Elle ne comprenait jamais rien, il fallait toujours tout lui répéter. Elle n'en faisait qu'à sa tête. À croire qu'elle le faisait exprès d'être aussi conne.

Bonne figure

Et merde ! Il était là… Évidemment qu'il était là, puisque cette fête d'anniversaire réunissait tous les potes qu'ils avaient en commun. Autant dire quasiment tout son cercle amical à elle. Ça la faisait chier, mais ça ne l'étonnait pas. Elle venait d'ailleurs de passer deux heures à choisir sa robe et à se coiffer dans l'éventualité de cette rencontre.

Il devrait y avoir une loi secrète qui régule la répartition des potes après une rupture, une sorte de garde alternée, un accord tacite qui permettrait de ne pas croiser son ex dans les couloirs de la fac ou lors d'une soirée, de ne plus entendre parler de lui à chaque fois qu'on échange avec des amis. Étonnant, tout de même, que personne n'y ait songé. Et aberrant qu'on attende d'elle qu'elle le revoie comme si de rien n'était, alors qu'il l'avait tout simplement canardée en plein vol.

Évidemment, il était là. Et bien sûr, il était arrivé avant elle. Histoire de bien marquer son territoire, de bien lui faire sentir qu'il était là le premier. Qu'en cas de problème, ça serait à elle de se tirer, parce qu'après tout, c'est le plus gêné des deux qui s'en va ! Ça au moins, c'était posé. Il la jouait comme ça, alors qu'elle venait de passer deux heures à se préparer, juste au cas où il serait là. Juste pour être au top, si jamais il se pointait. Et bordel, elle ne pouvait que le constater, même après deux mois, ça lui faisait toujours un mal de chien.

Elle décida de faire bonne figure, de ne pas le zapper dans la tournée des bonjours. Elle le salua avec désinvolture, tout en essayant de calmer son cœur qui semblait sur le point d'exploser. Elle avait dit à la cantonade, pour qu'il ne puisse pas faire autrement que l'entendre, *Désolée pour le retard, mais j'étais invitée à une autre soirée, du coup, je suis venue après*. Alors qu'elle venait de passer deux heures à choisir sa robe, à essayer d'organiser ses cheveux en un chignon flou décontracté, avant d'hésiter une plombe devant le bouton de l'interphone.

Elle espéra ne pas rougir, au moment où elle lui dit *Salut*. Elle espéra qu'il avait pris sa froideur pour de la dignité et non pour ce qu'elle était – un masque destiné à camoufler son état de décomposition avancée.

Ensuite, elle se réfugia dans une autre pièce, là où la musique était forte, et où il serait impossible de tenir la moindre conversation. Elle n'avait pas envie de parler.

Elle se mit à danser, puisque tout le monde dansait. Sans envie, juste pour s'occuper. Pour faire bonne figure. Pour montrer que, oui, deux mois après, elle dansait. Qu'elle allait parfaitement bien – merci ! – qu'elle n'avait pas besoin de discuter, qu'elle dansait, voilà tout. Que sans lui, elle dansait. Qu'elle faisait ça tout le temps, depuis qu'il était parti.

À un moment, elle se dirigea vers la cuisine. Elle avait besoin de boire un coup. Oui, un peu de rosé, voilà. Du rosé parce que ça se sert dans un beau verre, et que ça donne l'air élégant, beaucoup plus stylé que la bière. Du rosé parce qu'elle n'en avait jamais bu avec lui et que sa façon de tenir le verre lui donnait un petit air intrigant. Il y avait quelque chose de chic dans le rosé, quelque chose qui pourrait presque lui faire regretter de l'avoir quittée.

Il s'approcha d'elle, et elle aurait juré que c'était fait exprès. Pourquoi serait-il venu dans la cuisine sinon ? Pourquoi aurait-il eu besoin de se servir un verre juste au moment où elle y était ?

Il lui dit *Tu permets ?* Et il saisit la bouteille de rosé qui était posée devant elle. Une table les séparait. Et deux mois aussi. Il la regarda en souriant. Il avait l'air de bien se porter. Il semblait serein, apaisé. Il semblait avoir envie de la jouer *bons vieux potes*.

— Tu t'amuses bien ? lui demanda-t-il.

— Oui, beaucoup ! répondit-elle nonchalamment.

Non.

— C'est drôle, enchaîna-t-il, en mode *bons vieux potes*, puisque ça semblait être son truc. T'as toujours cette façon un peu ridicule de danser. Genre... coincée.

Mais va te faire foutre !

Elle faillit lui balancer son rosé à la figure.

— OK, eut-elle seulement le courage de répondre, avant d'engloutir son vin d'une traite.

— Tu vas en reprendre ? avait-il dit en tendant la bouteille dans sa direction.

— Non, merci. Je crois que j'ai mon compte, là. Je vais plutôt y aller.

L'after

— Putain, je suis une quiche !

Elle avait débarqué chez lui complètement déballonnée, malgré sa jolie robe et ses chaussures à talons. Son mascara avait dégouliné sur ses joues, et ses cheveux, qui avaient dû être bien coiffés à un moment, tombaient par mèches entières le long de son cou. Elle ne ressemblait plus vraiment à la fille de la laverie, pleine d'assurance, qui était entrée dans sa vie, quelques semaines plus tôt.

— Ce mec est un connard. Quel besoin de te balancer que tu danses comme une bouse ?

— Pour être tout à fait honnête, il ne l'a pas dit comme ça. Mais c'est bien l'idée. J'aurais pas dû y aller, à cette soirée ! C'était totalement débile ! Et puis je ne devrais pas boire autant, non plus. Ça n'arrange rien.

— J'en sais rien, avait-il cru bon de la rassurer. C'était une bonne vengeance de la jouer femme fatale qui s'éclate sans son ex. Crois-moi, si j'avais pu, c'est sans doute ce que j'aurais fait.

— Non, c'était débile. Comment j'ai pu croire qu'il retomberait amoureux de moi juste parce que j'avais mis une belle robe et des chaussures à talons ? Quelle conne ! Moi, je dansais, en mode *j'suis trop sexy*, et lui, en vrai il se foutait de ma gueule.

— Laisse tomber. Ce mec est une petite bite.

— Il a une bite tout à fait normale. Enfin je crois, parce qu'après tout, je n'ai vu que la sienne, de bite. Mais je pense qu'elle est de taille normale.

Il était sur le point de lui passer le reste de la bouteille, quand il eut une sorte d'illumination. De celles qui jaillissent quand on est un peu pété.

— On est pathétiques, meuf ! Moi avec mon traumatisme de mec ghosté, qui n'a plus envie de souffrir à cause d'une gonzesse. Et toi avec ton obsession pour ton ex, qui a peut-être la plus petite bite de la ville. Y en a marre. Faut qu'on se ressaisisse.

— T'as raison, on est des gros losers, avait-elle acquiescé en attrapant la bouteille. Si ça se trouve, je pleure pour un mec qui ferait rigoler n'importe quelle autre nana si elle le voyait à poil. Et moi, je chiale comme une conne, alors que j'ai jamais vu d'autre bite que la sienne.

Il constata avec amusement que l'alcool la rendait vulgaire. C'était assez drôle même si on était loin du lâcher-prise total.

— Meuf, il nous faut un plan de bataille ! On va reprendre ta vie en main, et je te jure que, dans six mois, ton ex viendra ramper à tes pieds.

— Ouais, il viendra ramper, avait-elle répliqué avec la conviction d'une fille qui avait enquillé trop de verres. Mais comment tu vas faire ça, monsieur l'intello qui fuit les nanas ?

— T'inquiète, je vais m'occuper de toi ! Je vais te concocter un petit programme spécial. Tu peux me faire confiance.

— Et je vais me transformer en bombasse qui déglingue tout ce qui bouge ?

— Exactement. Je te laisse te remettre de la soirée, parce qu'elle risque de laisser pas mal de traces. Et ensuite, je te jure, je reprends ta vie en main.

— OK. Et moi, je m'occupe de la tienne. Un an sans gonzesse, mec ! Ça craint ! On va t'en trouver une sympa et pas trop chiante. Je vais t'en présenter, moi, des nanas. J'en connais plein.

— Ouais, si tu veux.

— T'inquiète, vieux... Tu vas bientôt baiser à nouveau.

Il n'osa pas la contrarier, mais il avait un an d'avance sur elle et un peu plus d'expérience en matière de syndrome post-rupture. D'ailleurs, pour ce qui était de se reprendre, il avait déjà commencé. Il venait de s'inscrire sur Tinder, et son téléphone ne cessait de vibrer dans sa poche pour lui signaler que ça matchait. Il avait installé l'application sur un coup de tête et sans trop de conviction. Il avait juste eu envie de voir ce que ça lui ferait d'être de nouveau approché par des filles, tout en maintenant une distance de sécurité virtuelle. Il s'était demandé si ça le ferait encore flipper ou bien si ça l'amuserait. Pour le moment, ça ne lui faisait pas grand-chose, à part quelques vibrations dans la poche de son pantalon à intervalles réguliers. Il y avait pas mal de temps que rien n'avait vibré avec autant de frénésie dans son pantalon.

— Dis, je peux dormir ici ? Ça te dérange pas ?

— T'as qu'à prendre mon lit. Moi, je vais squatter le canapé.

De manière générale, il détestait dormir sur un canapé. Ça déglingue le dos, et puis on ne cesse d'être réveillé par un tas de petits bruits imperceptibles durant la journée, mais qui prennent toute la place une fois la nuit tombée.

Pour autant, il n'allait tout de même pas la laisser repartir dans cet état.

Ces choses qu'on ne peut arrêter

Elle avait pris le train retour de 18h34, arrivée 19h55. C'était celui qui la trahirait le moins. Plus tôt ou plus tard auraient paru suspects. Elle avait inventé une réunion de débriefing. Ça n'était pas vrai, évidemment, mais son mari n'irait pas vérifier. Leur relation n'était pas au beau fixe, cependant, elle était basée sur la confiance. Enfin jusqu'à aujourd'hui.

Elle avait passé la journée à Calais. Dans cette ville qu'elle ne connaissait pas quelques mois auparavant. Cette ville qui lui avait offert un homme, à raison d'une fois toutes les deux semaines. Cette ville qu'elle avait tout d'abord détestée, avant même de la découvrir, et qu'elle regrettait déjà puisque bientôt, plus rien ne l'obligerait à y revenir.

Elle venait de passer la journée seule en sa compagnie. Seule avec lui, sans la machine à café et sans les autres autour d'eux.

Quand elle avait quitté la maison, le matin, elle ne savait pas ce qui allait se passer. Rien n'avait réellement été prévu entre elle et lui. Juste des regards, juste des sourires, juste des discussions à la machine à café. Des SMS échangés, ensuite. Un peu d'abord. Puis de plus en plus souvent. Tous les jours, même. Et maintenant, un rendez-vous qui avait besoin d'un alibi.

Il était marié. Malheureux mais marié. Elle l'était aussi.

Il avait deux enfants. Elle en avait trois.

Quand elle était partie ce matin-là, elle ne savait pas à quoi s'attendre mais elle se sentait prête à tout. Prête à se jeter dans ses bras en descendant du train, à se laisser embrasser, à le suivre dans une chambre d'hôtel pour y passer l'après-midi. Prête à tout pour cet homme qui l'avait sortie de sa léthargie.

Elle avait préféré prendre le train. Elle avait toujours pris le train pour venir à Calais, alors c'était mieux ainsi. Si elle y était allée en voiture, elle n'aurait peut-être pas été capable de suivre le chemin à l'envers. Elle n'aurait pas su comment résister à l'envie de faire demi-tour pour revenir vers lui. Elle aurait été capable de tout foutre en l'air pour un simple baiser.

Le train fait partie de ces choses que l'on ne peut pas arrêter, une fois qu'il est lancé, sauf à être mortellement blessé. L'amour aussi, d'une certaine manière.

Lâcher les chiens

Boulevard Carnot, tu vas pouvoir te débarrasser de ta colère. C'est ainsi qu'il lui avait vendu l'idée. Il semblait très sûr de lui avec son programme en cinq étapes, censé faire d'elle une meuf qui déchire, en prévision du jour où elle recroiserait son ex.

Elle avait dit : *Pourquoi pas ?* Très vite ensuite, elle avait pensé *Mon Dieu, ce mec est dingue !* Mais maintenant, elle y était.

Elle se tenait dans une petite allée recouverte de copeaux de bois, au milieu d'une salle conçue pour abriter des activités indoor, tâchant de faire abstraction des personnes qui occupaient les autres couloirs, et des bruits sourds qui venaient claquer régulièrement à ses oreilles. Elle tenait une hache sans savoir à quoi elle allait servir, et elle le détestait de l'avoir amenée là.

— Tu m'as prise pour une bûcheronne ?

— Fais-moi confiance.

Il lui avait dit qu'elle ne sortirait pas de là tant qu'elle n'aurait pas tout lâché, et il ne parlait pas de la hache qu'elle tenait à la main. Il l'avait assurée qu'il était prêt à payer pour l'après-midi entier s'il le fallait, et elle avait senti qu'il ne plaisantait pas.

— Étape numéro 1 : se débarrasser de la colère. Tu vois la cible là-bas ? C'est ton ex, lui expliqua-t-il en la plaçant au bord de l'allée. Tu te mets ici. Tu tiens ta hache à deux mains, et tu la lui balances à la gueule de toutes tes forces !

— Tu déconnes là ? T'as cru qu'on était dans un programme de développement personnel ou quoi ?

— Tu peux crier, continua-t-il en ignorant sa remarque. Tu peux recommencer autant de fois que tu le veux. De toute façon, on ne bougera pas d'ici tant que tu n'auras pas lâché les chiens.

Elle le regarda avec circonspection. Ce mec jouait au guide spirituel et le pire, c'est qu'il y croyait.

Elle empoigna la hache, sans trop savoir comment la tenir. Elle la leva au-dessus de sa tête, prit un peu d'élan et la projeta avec une mollesse qui fut sans appel. La hache vola sur à peine trois mètres avant d'atterrir dans les copeaux de bois sans faire le moindre bruit.

— Va falloir me donner beaucoup mieux que ça, si tu veux sortir d'ici un jour, lui dit-il sans plaisanter, depuis le mur où il s'était adossé.

— T'as conscience que cette phrase fait de toi un psychopathe ? répondit-elle en espérant que cette plaisanterie détournerait son attention.

— On reprend.

Visiblement, il n'allait pas lâcher l'affaire. Elle se dit que le seul moyen de ne pas s'éterniser dans cet endroit, qui sentait la transpiration et la forêt canadienne, était de lui donner ce qu'il demandait. Elle ramassa la hache et s'apprêta à un nouveau lancer, mais avec plus de force cette fois.

Il lui fallut vingt et une tentatives pour atteindre la cible et y planter cette foutue hache. Vingt et un essais infructueux qui l'approchèrent du but sans pour autant signer sa victoire. Et autant de déceptions devant ses efforts qui restaient vains et ce projectile qui ne lui obéissait pas.

Et puis, il y eut la vingt-deuxième fois. Enfin, elle fit le bon geste, celui qui lui permit de voir voler sa hache à travers les airs et s'enfoncer sans ambiguïté dans l'épaisse plaque de bois qu'elle visait depuis plus d'une heure.

— Yes !!! Ça y est ! J'ai réussi ! cria-t-elle en sautant de joie comme une gamine.

Elle se tourna vers lui, et lui tendit les mains pour qu'il vienne les checker en guise de félicitations. Mais rien. Il resta bras croisés contre son mur, au fond de l'allée.

— C'est pas mal. Tu as chopé la technique. Mais je crois que tu n'as pas compris pourquoi tu es là.

— T'es sérieux ?

— Très ! Je pensais pourtant avoir été clair. Si je t'ai amenée ici, c'est pour que tu te vides de ta colère.

— Putain, t'es relou. J'ai pas de colère à vider, moi. Et puis, j'ai fait le job, je me suis défoulée. C'est bon, on peut y aller maintenant !

— Pas question, ma grande. Tu vas me décrocher cette hache. Et maintenant que tu sais comment t'y prendre, tu vas concentrer toute ta colère sur la cible. Je veux que tu penses à un truc qui te fout en rogne. La façon dont il t'a quittée, par exemple, et aussi sa phrase de débile, là, quand il t'a dit que tu dansais comme une bouse.

— Il ne l'a pas dit comme ça…

— On s'en fout.

— Tu sais quoi ? Tu fais chier ! Je ne sais pas où tu veux en venir, mais tu fais chier ! Vraiment… Là, tu vois, la seule chose qui me met en rogne, c'est ta petite tête d'intello qui croit avoir pondu le programme post-rupture le plus brillant du siècle et qui me fait perdre mon temps et ma dignité avec une hache que le reste du monde balance pour s'amuser. Tu fais chier bordel !

— C'est un bon début, répondit-il, ce qui eut pour effet de la faire sortir de ses gonds.

Furax, elle se dirigea vers la cible où la hache était restée plantée et la secoua de bas en haut pour la décrocher. Elle revint au bord de l'allée en le fixant d'un regard noir. Elle reprit place, sentit son bras se raidir et sa colère prendre toute la place dans sa cage thoracique.

— Tu vas voir ce que tu vas voir, gros malin.

Elle resserra son étreinte, leva la hache au-dessus de sa tête et la projeta en hurlant d'exaspération.

Pile au milieu de la cible ! Et elle, elle resta immobile, comme suspendue dans son geste, tandis que les autres joueurs se retournaient vers elle. Son cri avait résonné jusqu'au fond de la salle.

— Ça va ? demanda-t-il, un peu inquiet.

— Fous-moi la paix, grogna-t-elle en retournant chercher sa hache.

Elle recommença. Plusieurs fois. Avec un cri moins fort, quelque chose d'un peu plus animal, qui racle la gorge sans faire trop de bruit. Une rage étouffée, viscérale, qui sortait enfin en se foutant pas mal du chemin qu'elle empruntait.

Au bout d'un moment, elle se rendit compte que ce n'était plus seulement lui qu'elle visait. Elle allait chercher ses colères, les unes après les autres, pour leur tordre le cou jusqu'à ce qu'elles rendent l'âme. Maintenant, elle visait son ex qui l'avait larguée, la plantant au bord de la route avec son amour sur les bras. Un amour qu'il lui avait fallu remballer bien gentiment sans bruit ni scandale.

Il faudrait qu'on parle… Tiens, prends-toi ça dans la gueule ! *Il faudrait qu'on parle !* Mon cul, oui ! Pourquoi tu m'as balancé ton *Il faudrait qu'on parle* de merde au beau milieu de l'anniversaire de mariage de mes grands-parents ? Comment tu voulais que je le prenne, connard ? Comment j'étais censée vivre cette journée après avoir reçu ton SMS de mes deux ? *Blam !* Et un coup, un !

Et ta vanne bien pourrie sur ma façon de danser, on en parle ou quoi ? Tu sais ce qu'elle te dit, ma façon de danser ? *Blam !* Deuxième coup. Elle les dégommait les unes après les autres, ces petites phrases qu'elle avait encaissées sans se rendre compte du mal qu'elles lui faisaient.

Elle avait lâché les chiens.

Et puis, après un moment, ça s'arrêta. Elle tenta de lever la hache une dernière fois, mais son bras retomba. Elle n'avait plus l'énergie. Elle n'avait plus la rage non plus. Elle était vidée. Elle s'accroupit au bord de l'allée, posa la hache et regarda le sol pendant quelques secondes avant de tourner la tête vers lui, sans rien dire.

Il se détacha du mur, se dirigea vers elle et lui tendit la main pour l'aider à se relever.

— C'est bon, on peut y aller maintenant ?

De la résistance de l'élastique

Il était mauvais pour elle et elle le savait.

Il était mauvais pour elle, mais elle ne pouvait s'empêcher d'y retourner. C'était comme une drogue qui donnerait de l'ivresse l'espace d'un instant, mais en ajoutant à l'addiction une sale impression de se sentir moche et bête à pleurer, le reste du temps.

Entre ce mec et elle, c'était une partie de Jokari.

Il tenait la raquette et elle était la balle. À chaque fois qu'elle venait à sa rencontre, c'était pour se prendre un revers. Et ensuite, elle flottait un peu dans les airs, durant un laps de temps fixé à l'avance par les lois de l'attraction physique, jusqu'à ce que l'élastique se tende à nouveau et la ramène à lui avec, à chaque fois, un peu plus de force et de violence.

Elle n'avait jamais aimé ça, le Jokari, parce que les parties se déroulent de la même manière. Celui qui tient la raquette tape d'abord de façon modérée, il s'étonne de son talent à faire revenir la balle, il aime ça pendant un moment. Mais il finit par s'en lasser, inévitablement, par s'agacer et taper de plus en plus fort et de plus en plus mal. Parce que c'est d'un ennui mortel, de taper dans une balle attachée à un élastique et qui ne cesse de revenir vers vous. Et plus vous tapez fort, plus elle revient vite. C'est terriblement agaçant.

Il n'y a que deux issues possibles à une partie de Jokari. Soit on pose la raquette par terre et on laisse la balle rebondir toute seule jusqu'à ce qu'elle atteigne son point d'inertie. Soit on manque son coup et on se prend la balle en pleine figure, sans même la voir venir. C'est plus rare, mais ça arrive, parfois.

Il était mauvais pour elle et elle espérait qu'il laisserait tomber la partie, parce qu'elle ne se sentait pas la force de venir lui exploser au visage. À un moment, elle avait espéré qu'une troisième voie puisse exister, sans oser y croire. Et si c'était l'élastique qui lâchait ?

Elle avait souvent entendu ces histoires de bonnes femmes martyrisées par leur mari qui trouvent un jour la force de tout plaquer pour aller se reconstruire ailleurs. Ces histoires de victimes de pervers narcissiques qui, un jour, disent *C'est fini* et rompent avec l'emprise. Elle les enviait.

Il était mauvais pour elle, pourtant elle ne pouvait s'empêcher d'y retourner. La femme indépendante et libre qu'elle avait été mourait d'envie de mettre des beignes à celle qu'elle était en train de devenir. La *Princesse* avait pris un sacré coup de plomb dans l'aile.

Mais, si c'était l'élastique qui lâchait, que se passerait-il ?

Supplément pesto

Elle observa son fils, son enfant devenu ado et qui avait grandi un peu trop vite cette année. Ce qui lui valait de se faire appeler *La Sauterelle* par son petit frère. Bientôt, lui aussi, il quitterait les jupons de sa mère. Elle le regarda se servir une assiette de pâtes, noyant celles-ci sous une tonne de pesto. Il en mettait partout, dès qu'il le pouvait, à tel point qu'elle se demandait à quoi servait de se casser la tête en essayant de varier les menus. La seule chose qui lui plaisait, c'était le goût du pesto.

— Tu sais, mon chéri, un jour, tu vas faire la une des journaux, avec en gros titre : Il a fait une overdose de pesto !

— Très drôle. On ne meurt pas d'une consommation abusive de pesto, M'man. C'est scientifiquement impossible.

— Les journalistes viendront du monde entier pour m'interroger. Madame, que faisiez-vous quand votre fils a succombé à cette dose fatale de pesto ? Pensez-vous que vous auriez pu éviter ce drame ? Avez-vous contacté l'association des pestoliques anonymes ?

Elle avait un humour un peu pourri, mais elle l'avait toujours fait rire.

— T'es bête... C'est juste que c'est fade sans pesto, enfin je trouve. C'est pas un crime !

Elle le regarda se diriger vers la salle à manger avec son assiette de pesto aux pâtes. Au fond, elle le comprenait. Qu'y a-t-il de mal à rajouter un peu de piment, lorsque ça manque de goût ? Cela fait-il de nous des criminels, d'aller chercher ailleurs un ingrédient qui donnera davantage de saveur ? Avec sa vie, elle faisait exactement la même chose que son fils avec ses pâtes, finalement. Elle y mettait du pesto pour chasser la fadeur. Mais un pesto de contrebande, qui se vendrait sous le manteau dans les bas-fonds de Calais.

Juste une question d'équilibre

— J'ai bien réfléchi et je crois qu'il est temps de rétablir l'équilibre, lui dit-elle, couchée derrière la machine à laver.

Elle avait enlevé la carcasse métallique pour mettre en application un truc découvert dans un de ses fameux tutos Youtube.

— Tu m'expliques ? demanda-t-il.

— C'est très simple, répondit-elle en se relevant. Tu as la vie un peu trop facile avec ton petit programme qui déchire. Moi, je me retrouve à balancer des haches pendant que toi tu regardes, peinard. Ça crée un déséquilibre.

Elle lui déclara que si elle devait donner de sa personne, au point d'avoir des courbatures pendant une semaine, il fallait que ça soit réciproque. Que sinon, c'était pas juste. Qu'elle finirait par lui en vouloir. Et que ça créerait une distance entre eux. En gros, il fallait que, lui aussi, il morfle un peu, sinon ce n'était pas du jeu.

— Et j'imagine que tu as creusé la question et que tu as un truc bien merdique à me proposer. Je me trompe ?

— Effectivement, j'y ai pensé. Et j'en ai conclu que moi aussi, je devais te challenger, monsieur. Et ça commence tout de suite ! À partir de maintenant, chaque fois que tu vas croiser une fille au bistrot ou dans une soirée, tu devras faire en sorte d'obtenir son numéro de téléphone. T'es pas obligé de la rappeler, sauf si elle te plaît, bien sûr. Je crois que le temps est venu de te remettre en selle.

— J'ai déjà commencé !

— Ah bon ? Pourquoi tu ne m'as rien dit ? Je la connais ? Elle s'appelle comment ?

— Elle s'appelle Tinder et elle m'envoie plein de messages.

— Je vois. Et t'en as branché combien, des filles, avec ton Tinder à la con ?

— Aucune pour le moment. Dès qu'on se met à tchater, il y a toujours un truc qui cloche.

— C'est bien ce que je pensais : passif-agressif. Tu les laisses faire le boulot, et ensuite, tu les zappes. Tu veux que je sorte de ma zone de confort, mais toi, que dalle ! Ton Tinder, là, tu t'en sers pas comme il faut. Tu te fais plaisir, tu restes planqué. Tu sais que le principe du truc, c'est quand même de faire des rencontres, *in real life* ?

— T'es chiante. T'as raison, mais t'es chiante.

— Bien sûr que j'ai raison. Donc, à partir de maintenant, les filles qui te branchent sur Tinder, tu les rencontreras…

— … en vrai.

— Voilà ! Et quand on va au bistrot ou en soirée, je veux que tu ramasses au moins un numéro de téléphone. Pas de coup fourré, hein ! Je vérifierai.

— Tu me pousses dans mes retranchements, là !

— Tu vas souffrir, mec. Au moins autant que moi !

Putain, il était mal. Maintenant qu'elle avait décidé d'être sur son dos, elle n'allait pas le lâcher. De toute façon, de manière générale, dès qu'elle se mettait à réfléchir un peu trop, sa vie à lui se compliquait considérablement.

Paumée

Il était 2 h 38 du matin. En tout cas, c'est ce qu'indiquait le tableau de bord du Scénic. Elle était garée devant chez elle, depuis quinze minutes, environ. Incapable de quoi que ce soit. Ni de sortir de cette foutue voiture achetée comptant avec leur compte épargne. Ni de rentrer dans cette maison achetée à crédit avec leur compte commun.

Elle venait de quitter un homme dont elle était en train de tomber amoureuse sans trop chercher à s'en défendre. Elle s'apprêtait à en rejoindre un autre qu'elle avait suffisamment aimé pour lui faire trois enfants.

Elle avait juste envie de se barrer. De partir en courant. D'abandonner le Scénic avec les clés sur le contact, ainsi que la maison, avec l'homme et les enfants dedans.

Et pourtant, elle sortirait de la voiture d'ici vingt ou trente minutes peut-être, elle tournerait la clé dans la serrure de la porte d'entrée, elle se glisserait à l'intérieur sans allumer les lumières, elle enlèverait ses chaussures dans le couloir pour ne pas faire de bruit en montant les escaliers, elle irait directement se coucher sans se démaquiller ni se brosser les dents, mais en s'efforçant de ne pas le réveiller. En évitant de trop faire grincer les lames du parquet. En s'assurant de ne surtout pas le toucher. En se tenant sur le bord du matelas, quitte à s'agripper.

Année après année, la distance qui la séparait de lui dans leur lit s'était creusée. Au point que cette nuit, c'était devenu un gouffre dans lequel elle aurait voulu que l'un ou l'autre disparaisse.

Au tout début de leur histoire, elle venait se blottir et s'imbriquer contre lui. À l'époque, leurs corps semblaient faits pour dormir l'un contre l'autre sans laisser le moindre espace s'immiscer. Au tout début, elle avait besoin de son odeur et du va-et-vient de sa respiration. Et puis, peu à peu et sans lutte, ils s'étaient décollés.

Ensuite, chaque année passée ensemble avait semblé les éloigner un peu plus. Comme si leurs corps, après avoir été des aimants, avaient changé de polarité et fini par se repousser.

Elle s'était mise à reculer au maximum le moment d'aller se coucher et il avait bien compris qu'en réalité, c'est de lui qu'elle s'éloignait. Elle avait instauré un décalage horaire dans leur rythme pour ne plus avoir à le rencontrer dans son intimité. Elle l'avait jetlagué pour ne pas s'avouer qu'elle n'avait plus envie de sentir son corps sur le sien, son souffle dans son cou, son poids sur le matelas, ses mouvements quand il se retournait et sa main quand il la posait sur sa hanche.

Elle ne voulait plus de lui dans ce rôle-là, mais elle ne savait pas comment le lui dire. Comment dit-on ces choses-là ?

Elle venait de quitter, avec difficulté, un homme dont elle était en train de tomber amoureuse. Bientôt, elle serait allongée dans son lit, le plus loin possible d'un mari qu'elle n'aimait plus vraiment.

À ce moment-là, elle était l'exacte définition d'une femme paumée.

La quinzième fois

La quinzième fois, elle n'était qu'une radasse, une aguicheuse, une raclure, une racoleuse, une chaudasse qui a le feu au cul, une roulure, une traînée, une salope qui court après tout ce qui bouge. Une pute, quoi...

La quinzième fois, elle avait bien ramassé.

Le même parfum

Elle portait le parfum de son ex. Un parfum qu'il avait toujours adoré parce qu'il faisait naître un petit fourmillement dans son abdomen dès qu'il le sentait. Et là, son rancard Tinder le portait. Il pressentait qu'une fois dénudée, l'odeur serait sans doute différente, car cette fille-là ne ressemblait en rien à son ex. C'était d'ailleurs assez troublant de constater que deux personnes aussi différentes pouvaient porter le même parfum.

De manière générale, il trouvait que Tinder n'était pas toujours performant en matière de filtrage. Et cette première expérience lui confirmait qu'il manquait encore quelques questions de base à l'interrogatoire qu'il avait décidé de faire passer à ses rancards potentiels. Il faudrait qu'il affine le truc, avant de décider si oui ou non ils se rencontreraient. *Note pour moi-même : ajouter une question sur le parfum qu'elles portent.*

Contre toute attente, ça ne le rendit pas triste. Ça l'emmerda un peu, mais ça ne le rendit pas triste. Quelques mois plus tôt, il était encore incapable de croiser une brune aux cheveux frisés sans penser à son ex et sentir les larmes monter. Et là, rien. Ou presque. C'était déjà incroyable, à bien y réfléchir. Une victoire. La fin d'un combat.

Son rancard portait le même parfum que son ex, et ça ne lui donnait même pas envie de pleurer. Mais pour autant, ça n'allait pas être possible, cette histoire-là. On ne peut pas aimer deux fois le même parfum. On ne peut pas aimer quelqu'un qui porte le parfum d'une fille qui vous a largué. C'est comme ça.

ON | OFF

Il y avait un endroit sur son corps qui agissait sur elle comme un interrupteur.

C'était au creux de son dos. Là où sa colonne vertébrale se dérobe un peu. Là où ça ondule légèrement quand elle marche. Là où les hommes posaient parfois le regard, à défaut de pouvoir y poser leurs mains. Là où les mains de son mari ne s'étaient plus posées depuis des lustres.

Et c'est précisément à cet endroit qu'il l'avait caressée. Précisément, à cet endroit, qu'il avait appuyé sur « ON ». Précisément, à cet endroit, qu'il l'avait rallumée.

Au plus vite

Je vous donne rendez-vous au plus vite, avait dit la secrétaire du neurologue à sa femme. Ils n'ont toujours pas réussi à décider si c'était une bonne ou une mauvaise chose, qu'on se démène pour leur donner un rendez-vous *au plus vite*. Dans certaines circonstances, un rendez-vous à six mois garantit une sorte de bonne santé théorique. Cela signifie que le cas n'est pas si grave, qu'il peut attendre et qu'il y a des gens plus mal en point à faire passer en priorité. Donc oui, lui, ça l'inquiète qu'on ait d'emblée rangé sa femme dans la catégorie de *ceux qui doivent passer au plus vite*.

Il poireaute dans la salle d'attente, espérant une bonne nouvelle, espérant sans trop y croire qu'on leur dira *au plus vite* qu'ils se sont inquiétés pour rien. Leur médecin traitant a prescrit tout un tas d'examens et d'analyses, avant de les adresser à un confrère plus compétent. *Un spécialiste*, qu'il a dit à sa femme. Ça n'est pas bon signe d'être au-delà du domaine de compétences d'un simple médecin de quartier, qui les suit depuis trente ans, qui connaît tout de leur vie, à commencer par le prénom de leurs petits-enfants. Ça n'est jamais très bon d'être recommandé à un spécialiste du cerveau. Il le sait.

Toute sa vie, elle s'est rendue seule à ses rendez-vous médicaux. Sauf quand elle a été enceinte de leurs enfants et qu'elle n'a plus réussi à conduire à cause de son gros ventre. Mais aujourd'hui, elle lui a demandé de l'accompagner. Elle a dit : *On ne sait jamais*. Alors, il est là, dans la salle d'attente du spécialiste, face à une secrétaire médicale qui prend les appels les uns derrière les autres, sans sourciller. *J'ai de la place le mardi 15 à 9 h, ça vous irait ?* Le mardi 15, c'est dans un mois. Pourquoi sa femme a-t-elle eu droit à un *Je vous donne rendez-vous au plus vite*, quand elle a indiqué de quel généraliste elle était la patiente ? Pourquoi n'a-t-elle eu que quelques jours d'attente, elle ?

La porte du cabinet s'ouvre, le spécialiste laisse passer sa femme, lui serrant la main au passage. *On se revoit très bientôt*, la rassure-t-il, avant de lui souhaiter bon courage et d'accueillir le patient suivant.

Il se lève et la rejoint au milieu de la salle d'attente. Elle lui fait signe de la tête qu'elle ne veut pas parler. Pas ici, pas devant ces gens, pas avec la secrétaire qui discute au téléphone. *Vendredi 18 à 10 h, ça vous irait ?*

Après les formalités d'usage, *Vous avez votre carte Vitale, s'il vous plaît ? Le docteur veut vous revoir mardi en huit, c'est bon pour vous ?*, ils sortent et se dirigent en silence vers la voiture qui est sur le parking. Il appuie sur le bip qui déverrouille les portes, afin qu'elle puisse s'installer côté passager. Il monte de l'autre côté. Il ne démarre pas tout de suite. Il est incapable de tourner la clé. Il a besoin qu'elle lui dise ce qu'il en est. Il tourne la tête vers elle, qui regarde droit devant, comme si elle fuyait le moment où elle devra l'affronter, les yeux dans les yeux.

Enfin, elle prend une longue inspiration, avant de lâcher :

— Tu sais, mon amour, pour cette histoire de sacs d'aspirateurs, je crois qu'il va falloir trouver une solution, au plus vite.

Une chose à ne pas dire

Il lui avait balancé : *De toute façon, t'es pas belle*. Et c'était vraiment une super mauvaise idée. Mais ça lui avait tellement bousculé les émotions, qu'elle se moque de lui au foot, que ses mots avaient filé plus vite que d'habitude. C'était sorti tout seul, il avait pas pu les empêcher, et c'était vraiment pas une bonne idée.

Ce ne sont pas des choses à dire, répétait souvent sa maman. Sans toujours lui expliquer de quelles choses il était question. Là, sûr de sûr, *De toute façon, t'es pas belle*, ça faisait partie des choses à ne pas dire. Surtout à une fille qui tient votre cœur tout gonflé d'amour entre ses mains.

De toute façon, t'es pas belle, et la décision d'Odessa avait été sans appel. Elle lui avait retourné son amour en pleine figure, son amour maladroit qui disait des choses qu'on ne doit pas dire. Elle l'avait écrasé comme une vulgaire boule de papier avant de le balancer dans la corbeille. Ensuite, elle lui avait envoyé Sonia à la récré, Sonia la funeste ! *Odessa, elle ne veut plus être ton amoureuse*, lui avait assené Sonia. *Jamais*, elle avait précisé, comme si ça faisait pas assez mal comme ça.

De toute façon, t'es pas belle, c'était que de la colère toute bête. Parce que, quand l'amoureuse se moque, ça pique si fort qu'on a envie de la piquer à son tour. C'était pas réfléchi. Et voilà, maintenant qu'il avait dit ce qu'il ne fallait pas dire, en vrai, il se retrouvait avec le cœur en boule, ou en miettes. Avec plus de cœur du tout, même, en vrai.

Enlever ses fringues et apprendre à recevoir

Quand ils étaient sortis de la séance de lancer de hache, il lui avait dit que maintenant qu'elle avait fait de la place, il allait falloir qu'elle se remplisse de *bonnes choses*. Il l'avait dit en singeant les guillemets avec ses doigts, pour bien insister sur ce point. Elle n'était pas contre, même si elle n'en comprenait pas trop le sens et que la seule *bonne chose* dont elle s'était gavée par la suite, avaient été des granules d'Arnica. La séance de lancer de hache lui avait laissé des courbatures horribles pendant plus d'une semaine. Si bien qu'elle priait pour que la deuxième étape du programme soit moins physique.

Et il l'avait exaucée. *Rue Victor-Hugo, tu devras accepter de recevoir de l'attention et te laisser aller.*

Elle s'était pointée à l'adresse indiquée sur le SMS, avait passé le pas de la porte et donné son nom à la dame qui, manifestement, l'attendait. Il l'avait prévenue qu'il ne serait pas là, cette fois. Il lui avait dit qu'il ne serait pas toujours là, de manière générale. Mais que tout avait été prévu, chacun savait ce qu'il avait à faire. Sauf elle.

— Vous pouvez laisser vos affaires ici et enfiler ce peignoir. Quand vous serez prête, rejoignez-moi dans la pièce d'à côté.

— Excusez-moi, mais... je suis là pour quoi exactement ? crut-elle bon de demander.

Quelques détails sur la nature des deux heures à venir – puisque cela devait durer deux heures – ne lui semblaient pas totalement superflus, à l'instant où on l'invitait à ôter ses fringues. Elle avait pour habitude de ne pas se foutre à poil sans savoir où cela pouvait la mener. Simple question de principe.

— Oh, pardon, mademoiselle, je pensais que vous étiez au courant. Monsieur ne vous a rien dit ?

— Non... *Monsieur* m'a juste informée que je devrais me laisser aller et accepter de recevoir. Mais là, tout de suite, j'aimerais en savoir un peu plus sur la nature de ce don, vous comprenez. Sans ça, je ne le sens pas trop possible, le laisser-aller.

— Je vais vous prodiguer un massage ayurvédique.

— Sérieux ?

Alors là, il l'avait gâtée ! Se laisser aller sous les mains d'une masseuse chevronnée qui se donnait pour mission de réaligner tout son être et de chouchouter ses doshas, c'était carrément *easy* à côté du lancer de hache.

Elle prit place sur le petit matelas posé au sol, se laissa recouvrir du drap de coton que la masseuse disposa sur elle, et ferma les yeux pour se laisser bercer par une musique et des odeurs qui lui donnèrent la sensation d'avoir été téléportée à des milliers de kilomètres de chez elle. *Easy*, le laisser-aller.

Et puis, elle se rendit compte que ça n'était pas si *easy* qu'elle l'avait imaginé. Étrangement, au moment où la praticienne posa ses mains huileuses sur son corps, elle sentit qu'elle se crispait. *Come back to reality*. Personne ne lui avait prodigué le moindre massage. Jamais ! Enfin, peut-être son père ou sa mère lorsqu'elle était bébé parce qu'il y avait un livre sur les massages Shantala dans leur bibliothèque. Le livre était poussiéreux, preuve qu'il n'avait pas servi depuis un bail. Peut-être était-ce un cadeau ou l'un de ces achats compulsifs qu'on finit par reléguer dans un coin sans l'avoir utilisé. Elle n'avait aucun souvenir qu'on l'ait massée un jour. Aucun. Même pas son ex ! Il n'était pas du genre tactile. Avec lui, les caresses étaient rares. Le plus souvent elles ne servaient que de préliminaires, il donnait pour recevoir en retour. Alors un massage, n'en parlons même pas !

Toujours est-il qu'elle était allongée et que son corps ne savait pas comment répondre aux gestes qu'il recevait. Elle ne savait pas être touchée. Elle ne s'autorisait pas à recevoir. Elle avait encore tant de choses à apprendre.

— Détendez-vous, ça va bien se passer, lui dit la masseuse avec une bienveillance extrême.

La dame connaissait son affaire et redoubla de patience à son égard. Si bien que, petit à petit, elle réussit à se laisser aller. Petit à petit, son corps s'enfonça dans le fin matelas, ses muscles se détendirent et elle en vint même à apprécier les mains qui allaient et venaient sur sa peau, tantôt pour la parcourir en surface et tantôt pour la malaxer avec davantage de force.

Au bout d'une heure et demie, elle ne savait plus qui elle était, ni où elle habitait. Elle n'était plus qu'un corps, souple et huileux, incapable de se relever du matelas sur lequel il était posé. Au bout d'une heure et demie, elle rouvrit les yeux pour se reconnecter doucement au monde qui l'entourait. Elle se redressa avec délicatesse, sans geste brusque, protégeant son corps comme un trésor, lui évitant les faux mouvements et la précipitation. Cette heure et demie qu'elle venait de passer en avait fait un temple dont il lui faudrait prendre soin.

Elle se rhabilla lentement et en silence. Ses pieds gardaient des traces d'huile et glissaient dans ses chaussures. La dame l'avait prévenue qu'elle aurait une sensation de flottement pendant les heures qui suivraient, et qu'il ne fallait pas lutter contre ça, ni s'en inquiéter. Juste l'accepter.

Quand elle passa dans la partie salon de réception, elle le découvrit en train de l'attendre sur un canapé.

— Alors ? demanda-t-il.

— Un truc de ma-la-de. J'ai l'impression de sortir d'une séance de piscine, l'odeur du chlore en moins. C'est un peu comme si je flottais. Ça fait un bien fou !

— Tiens, je t'ai commandé un thé.

Elle le regarda et réalisa soudain qu'il ne serait pas toujours là pour lui faire ce genre de surprises. Une fois qu'il aurait enfin trouvé une fille, il serait moins présent pour elle. Normal. Elle se dit que tout cela n'était qu'une parenthèse et qu'il fallait qu'elle la mette à profit. Elle se promit qu'une fois le programme fini, elle se souviendrait du bien que cette journée lui avait fait. Il faudrait qu'elle s'oblige à recommencer, juste pour elle-même. Oui, c'était exactement cela, une fois que le programme post-rupture serait fini, elle devrait prendre le relais et agir comme si elle était sa meilleure amie. Elle allait devoir apprendre à s'offrir de belles choses et prendre soin d'elle. Même une fois qu'elle aurait reconquis son ex…

Dis-moi que tu me détestes

Dis-moi que tu me détestes. Dis-moi que je t'emmerde. Que je te fais chier. Que tu ne veux plus me voir. Jamais. Que tu ne peux plus me blairer. Dis-moi que c'est mieux sans moi. Que c'est mieux avec ta femme. Dis-moi un truc cruel qui me fera te détester.

Je ne sais pas comment est ta vie, sans moi, mais, par pitié, dis-moi que je ne te manque pas. Je ne sais pas où tu es et c'est clairement mieux ainsi. Si je le savais, je te rejoindrais. Tant pis pour moi. Si je le savais, je ne pourrais pas m'empêcher de débouler dans ta vie.

Dis-moi que tu me détestes. Ou encore mieux, ne me réponds pas. Ne réponds pas au SMS d'une pauvre fille, qui t'aime comme une dingue et qui ne s'en sort pas sans toi. Par pitié, fais comme si tu me détestais.

Tu n'es qu'une pauvre fille. Tu m'emmerdes. Tu fais chier. Je ne veux plus te voir. Jamais. Tu ne me manques pas, c'est beaucoup mieux sans toi. Je te déteste, de tout mon être.

En vrai, je suis dans le train de 15 h 27

Elle ne pouvait s'empêcher de trouver ça inconfortable

Le Scénic, c'était une idée de ses beaux-parents. À l'époque, ils avaient trouvé que c'était pratique avec deux enfants. Juste assez grand, mais pas trop non plus. Pas trop classe sans être prolo. De la place dans le coffre sans que ce soit la galère à garer. Tu peux mettre deux sièges enfants à l'arrière et ce n'est pas étriqué. C'était le bon choix.

Eux, ils auraient bien voulu un truc un peu plus rock'n'roll parce qu'ils l'étaient encore à ce moment-là, quand ils mettaient *I Wanna Be Sedated* des Ramones à fond durant les trajets vers la mer. Mais le Scénic, c'était raisonnable. C'était ce qu'il fallait acheter quand on est parents de deux enfants. De toute façon, les Ramones ne chanteraient bientôt plus assez fort pour couvrir les cris des mômes et leurs chamailleries.

Ce qu'ils n'avaient pas prévu, c'était qu'un petit dernier s'inviterait dans la ronde, quelques années après l'achat du Scénic. Un imprévu de taille dans leur vie qui avait commencé à basculer du côté sombre du rock'n'roll. Avec trois enfants, le Scénic était devenu trop petit. Il n'était pas le seul. Beaucoup de choses finiraient par devenir étriquées. Ils n'avaient pas les moyens de changer de voiture. Et ils n'avaient pas cherché le moyen de changer le reste non plus.

Elle était venue le prendre à la gare et avait directement pris la direction de la sortie de la ville. Elle l'avait emmené dans la campagne proche, celle où l'on se promène avec son chien et ses enfants quand les beaux jours reviennent. Elle avait roulé sur un chemin de terre, jusqu'au bord d'un bosquet, mais pas trop loin pour éviter de mettre de la boue sur le bas de caisse. C'était pas tellement qu'elle tenait à la propreté du Scénic, mais son mari risquait de se poser des questions s'il y avait des traces, eux qui n'allaient plus à la campagne, désormais. Elle avait viré le rehausseur dans le coffre et installé un vieux plaid qui sentait le chien mouillé sur la banquette arrière. *Juste au cas où*. Même si le *au cas où* était la raison précise pour laquelle elle avait choisi un endroit aussi discret.

Ils étaient d'abord allés se promener un peu. Respirer. Marcher. Réentendre la voix de l'autre, autrement que par téléphones interposés. Se regarder à la lumière du jour, même s'ils attendaient tous les deux qu'elle décline afin d'avoir plus d'intimité. Elle avait besoin qu'il la prenne dans ses bras, qu'il lui parle doucement à l'oreille, qu'il se retienne de l'embrasser mais qu'il ne réussisse pas, elle avait besoin de lui dire que tout cela était totalement dingue, qu'il lui réponde qu'il le savait mais que c'était trop fort pour être ignoré. Elle avait besoin d'éprouver dans ses tripes à quel point elle l'avait dans la peau. De constater à quel point c'était réciproque. Et de se dire qu'un truc pareil, ça n'arrive pas à tout le monde. Elle avait besoin de se rassurer et de chavirer à la fois. Avant d'aller plus loin.

Au bout d'une heure de retrouvailles, ils s'étaient installés sur la banquette arrière. À force de bouger et de se frotter l'un à l'autre, le plaid avait fini par se barrer. Elle avait senti des miettes lui piquer la peau. Elle avait senti l'embout de la ceinture de sécurité s'enfoncer dans son dos. À un moment, elle avait même senti un truc rond sous sa fesse droite, un Miel Pops desséché, vestige d'un petit déjeuner avalé à la hâte.

À aucun moment, ils n'avaient songé à se rendre à l'hôtel. Peut-être pour ne pas ajouter la préméditation au crime. C'était un peu stupide de leur part, mais c'était leur première en matière d'adultère.

Elle trompait son mari pour la première fois. Elle le trompait sur la banquette arrière du Scénic familial et elle ne pouvait s'empêcher de trouver ça inconfortable.

La prochaine fois, ils prendraient une chambre, tant pis.

La dernière fois

La dernière fois, il l'avait rétamée.

La touche 2 du téléphone

Elle ne se souvenait plus sur quelle touche elle avait appuyé, ni qui elle avait appelé, ce soir-là. La touche 1, c'était ses parents. La 2, c'était son frère. La 3, c'était lui.

Elle ne savait plus du tout chez qui le téléphone avait bien pu sonner, cette nuit-là. Après que c'était arrivé, elle était restée un moment à moitié inconsciente, sur le carrelage de la cuisine.

Et depuis, elle n'avait que du brouillard dans la tête. Il paraît que c'est comme ça, quand l'adrénaline cède la place à une sorte d'état de choc, elle emporte avec elle des pans de mémoire. Dans *Grey's Anatomy*, ils auraient peut-être parlé de syndrome post-traumatique. C'est un SPT, qu'ils auraient dit, parce que ça paraît toujours un peu moins grave avec les abréviations.

Dans *Grey's Anatomy*, le docteur Hunt l'aurait soignée avec compassion, en lui disant *C'est qui le salaud qui vous a fait ça ?* ou un truc du genre. Peut-être même qu'il aurait posé une main réconfortante sur son épaule (enfin, sur l'autre épaule, pas celle qui était déboîtée). Mais dans sa réalité à elle, sa mémoire était juste floue, et elle ne savait pas comment elle devait appeler ça, même en abrégé.

Elle n'avait aucun souvenir du moment où les secours étaient arrivés, et aucune conscience de l'état dans lequel ils l'avaient trouvée.

Elle ne se rappelait plus sur quelle touche de son téléphone elle avait appuyé. Mais peu importe, puisqu'elle était là, maintenant. Même si ça se mélangeait un peu dans sa tête. L'hôpital, la police. Son frère qu'elle entendait parler avec le flic auquel il racontait que le gars qui avait fait ça était un malade, un enfoiré de première, et qu'il fallait l'enfermer ce connard ! Qu'il habitait rue des Postes, qu'il fallait pas qu'il s'en sorte comme ça, qu'ils devaient faire leur boulot, bordel !

C'était flou. À tel point qu'elle ne voyait pas trop qui avait appelé son frère. Peut-être une infirmière. Ou bien la police. Ou alors la touche 2 du téléphone ?

— Qu'est-ce que tu fous là ? lui avait-elle demandé.

— Comment ça, qu'est-ce que je fous là ?! Tu déconnes ?

Comme si sa présence était une évidence quand elle-même ne savait plus que ça l'était (ça aussi en fait, c'était un peu flou dans sa tête, ces derniers temps).

Il avait déboulé au service des urgences avec l'air d'un homme qui ne supporte pas qu'on lui ait fait du mal, à elle. Il l'avait littéralement embarquée, après qu'elle avait signé tout un tas de papiers, l'avait assise sur le siège passager de son vieux Scénic pourri, en faisant gaffe de ne pas appuyer là où elle avait mal. Il lui avait même attaché sa ceinture. Il avait baissé le son de la musique et soigneusement évité de fumer.

Voilà qu'elle était là maintenant, dans une voiture pas vraiment neuve qui venait de passer le péage d'une autoroute destinée à les emmener loin de là. Vers un endroit où elle serait enfin à l'abri. Vers un endroit dont personne ne connaîtrait l'adresse *et surtout pas l'autre connard*, avait dit son frère.

Et voilà.

Il avait pris le ticket du péage, et redémarré tandis que la vitre remontait doucement. Puis il s'était tourné vers elle.

— Si tu veux, tu peux dormir maintenant.

Tenir la pose

Elle tenait son verre de Tariquet avec nonchalance et débitait des généralités sur la vie comme si elle avait déjà tout compris. Il la trouvait tellement jeune ! Tellement naïve aussi. C'était le risque, finalement, quand on s'attardait un peu trop sur la moue boudeuse d'une petite *baby doll* qui avait dû passer deux bonnes heures à peaufiner son profil Tinder.

Elle avait un vernis clinquant sur les ongles et des bijoux plus gros qu'elle. Elle tapait des poses nonchalantes avec son verre de blanc, et tenait sa cigarette comme si elle s'en foutait des choses sérieuses, du monde et des gens.

Il la regardait se donner des airs en fumant sa clope sur le trottoir, devant le café. Il la regardait à travers la vitre, jouer à la grande, essayer d'être une femme. Pauvre fille, mais ce sont les enfants qui s'amusent à ça !

D'une manière générale, il n'aimait pas les poseuses. Et celle-là crevait le plafond, un véritable étalage de pacotilles.

Si elle savait… la vie, c'est pas du vernis qui brille. C'est tout le contraire. C'est des claques dans ta gueule, des larmes pleines de mascara sur tes joues rebondies de petite poupée, et des leçons qui te giclent à la tronche. C'est pas esthétique. Pas du *bobo-girly* que tu peux mettre sur ton Instagram pour rendre les copines jalouses. C'est pas des moues de fillettes qui veulent se la raconter. C'est tout le contraire ! Si elle savait.

Il la laissa finir son verre et demanda l'addition. Il lui dit : *Je crois pas que ça va coller*. Elle le regarda partir, médusée, apparemment sûre d'avoir pourtant fait un sans-faute.

Brad Pitt peut aller se rhabiller

Quand elle était amoureuse, même le plus imparfait des corps était le seul capable de la faire vibrer. Le seul que ses mains avaient envie de caresser. Le seul que son corps à elle réclamait. Le seul qui l'obsédait, qu'elle imaginait dans toutes les positions – même les plus obscènes – qu'elle avait envie de frôler, le seul qui pouvait entrer en elle.

Quand elle était amoureuse, même le plus imparfait des hommes occupait seul ses pensées. Celui qui la faisait rire, celui qui la faisait chavirer, le seul qui lui importait et le seul à qui elle avait envie d'importer.

Là, elle était très amoureuse, et Brad Pitt pouvait aller se rhabiller.

Retrouver la joie

Il lui avait dit : *Rue Bertholet, tu vas retrouver la joie*. Et elle lui avait répondu : *Je suis curieuse de voir ça*.

Ils avaient pris le métro jusqu'à Mons Sarts et avaient fini à pied. Elle n'était jamais venue dans cette partie de la ville et constatait avec dépit que ça ne respirait pas des masses la joie de vivre.

Rue Bertholet, ils avaient rejoint un groupe d'une vingtaine de personnes, dont certaines, en leggings et vêtements informes, semblaient déjà se connaître. Elle n'aimait pas cette sensation d'arriver dans un groupe où tout le monde se connaît déjà. C'était d'ailleurs une des raisons qui la retenait de s'inscrire à une nouvelle activité en cours d'année.

— Vous allez voir, c'est super ! avait cru bon de s'enthousiasmer une dame en legging arc-en-ciel, qui avait remarqué sa réticence.

Mais pouvait-on réellement s'en remettre à l'avis d'une personne qui portait un legging arc-en-ciel ? Elle haïssait autant les leggings que ne pas savoir ce qu'elle foutait là.

Et puis, il était arrivé dans la salle, le grand gourou du rire.

— Tu m'as inscrite à un cours de yoga du rire ?

— Yep ! lui répondit-il, visiblement amusé, en se dirigeant vers la sortie.

— Hep, hep, hep, monsieur l'intello... tu ne vas pas t'en sortir comme ça ! Demi-tour, tu restes avec moi.

— *No way !* C'est ton programme, meuf...

— J'ai dit *assis-pas bouger* !

Il s'exécuta et vint prendre place à ses côtés.

La séance commença par ce moment gênant où les nouveaux – eux deux, en l'occurrence – devaient se présenter aux anciens. Ensuite le grand gourou du rire se mit en action. Tout le monde fut invité à se mettre debout et à suivre une série d'échauffements. Puis vint un exercice, qu'elle jugea ridicule et ne fit qu'à moitié, où il fallait lâcher son rire tout en tapant des mains. *Qu'est-ce que je fous là ?* pensa-t-elle, en se disant qu'elle n'était pas loin d'avoir envie de balancer une bonne petite hache bien placée.

Côte à côte, ils regardèrent avec circonspection les gens autour d'eux qui avaient payé pour se ridiculiser sous les néons blafards d'une salle polyvalente. Elle lui adressa une moue pleine d'incompréhension et qui semblait dire : *Mais pourquoi tu m'as amenée ici ?* Il lui répondit par un haussement d'épaules qui signifiait : *Désolé, je croyais que ça serait un peu mieux.*

Et puis soudain, la dame au legging arc-en-ciel cessa de rire pour se précipiter vers la porte de sortie en se cramponnant le ventre à deux mains. La salle se tut, attendant le retour du legging arc-en-ciel, qui venait de fuir sans qu'on sache pourquoi.

Au bout de quelques minutes, la femme repassa la porte.

— J'ai fait pipi dans ma culotte ! cria-t-elle à la cantonade.

Tous les regards se portèrent sur l'auréole qui ornait désormais son legging à l'entrejambe. Plus personne ne disait rien, même le grand gourou du rire, qui avait manifestement sous-estimé la puissance de son pouvoir.

Elle regarda la dame arc-en-ciel, et explosa de rire. Un rire incontrôlable, peut-être nerveux, mais qui venait surtout de loin et qui avait fait un long chemin pour arriver jusque-là.

— Elle… a fait… pipi… dans sa culotte… réussit-elle à articuler entre deux explosions, le souffle coupé.

Il la regarda. C'était la première fois qu'il la voyait rire. Il sentit que ça allait le gagner lui aussi, avec un temps de retard qui allait choquer la dame arc-en-ciel et le reste de l'assistance. Alors, il l'agrippa par le bras et la tira vers la sortie, parce que visiblement elle n'allait pas s'arrêter de sitôt ! Il glissa un *Désolé,* au moment de franchir la porte et en frôlant l'arc-en-ciel qui hésitait sur la meilleure manière de prendre la chose.

Une fois dehors, il se laissa aller à la contagion. Il éclata d'un rire tonitruant et tout aussi communicatif que celui qu'elle nourrissait depuis quelques minutes.

— Bordel, finit-il par articuler, je crois que j'ai jamais autant ri de toute ma vie.

Elle n'arrivait même plus à lui répondre.

Tu sais quoi ?

— Tu sais quoi ? J'ai fait le contrôle technique du Scénic, hier.

À l'évidence, ce n'était pas le scoop du siècle étant donné que le contrôle technique était prévu depuis plus de trois semaines et que c'était toujours lui qui se chargeait de ces choses-là. Et pourtant...

— Du coup, j'ai bien cleané l'intérieur. Je pensais que ça serait plus confortable pour partir en vacances.

Il ne pouvait s'empêcher de la fixer avec insistance, droit dans les yeux. De scruter le moindre de ses mouvements, d'y chercher une réaction, un frémissement, un pincement de lèvres, quelque chose. Mais rien.

— J'ai trouvé ça, sous le siège passager.

Et là, il posa la boîte de préservatifs sur la table de la salle à manger. Une boîte de quatorze préservatifs Manix Tentation. Une boîte déjà bien entamée, puisqu'elle n'en comptait plus que cinq ou six, à vue d'œil. Une boîte qui n'était pas à lui, ni à eux.

— Tu m'expliques ?

Ça allait être à la fois simple et compliqué de s'expliquer. Et il vit, à la façon qu'elle eut de se décomposer, qu'il détenait déjà une partie de la vérité, même s'il aurait préféré se fourvoyer. Il avait espéré qu'elle n'essaierait pas de mentir en tentant de lui faire croire que c'était sans doute à leur fils, ce stock de capotes déjà entamé. Il avait espéré qu'elle ne le prendrait pas pour un imbécile, qu'elle endosserait ses responsabilités. Mais il ne la laissa pas parler.

— Tu sais quoi ? reprit-il, il y a eu de belles choses entre nous. Vraiment. C'était très beau l'automne où on s'est rencontrés, magique même. Très beau aussi, toutes les saisons qui ont suivi. C'était très beau, la première fois où on s'est embrassés sur le parking du boulevard Lebas, toutes les fois où l'on s'est dit *Je t'aime* au milieu du supermarché, les promenades dans les rues endormies quand on rentrait de soirée, le studio de la rue Voltaire où on a passé des journées entières au lit, la boulangerie de la rue Saint-Genois où on pouvait acheter du pain à trois heures du matin, Bruxelles, Madrid, Saint-Malo, Saint-Jean-de-Luz et même Gérardmer, quand on y pense. C'était bien. Et elles ont vraiment été magnifiques les trois minutes qu'il nous a fallu attendre après que t'as fait pipi sur ton Clearblue. Tu te souviens de ces trois minutes ? On ne savait pas encore si on continuerait à être deux ou si on allait devenir trois. C'était beau de ne pas savoir qu'on serait encore plus que ça, quelques années après. C'était chouette, d'être persuadés qu'il ne nous faudrait jamais rien d'autre que nous, pour être heureux.

Il venait de faire défiler leurs meilleurs souvenirs (sauf peut-être les vacances sous la flotte à Gérardmer), et il se rendit compte aussitôt que, même si ça lui vrillait apparemment le cœur, ce n'était déjà plus tout à fait les siens. Il accusa le coup.

— C'était très beau, mais ça fait un sacré moment déjà que ça ne l'est plus du tout. Un bon moment que tu n'es plus là, je dirais. Que tu ne réponds plus quand on t'appelle, que tu t'enfermes dans ton silence, que tu fuis et que je me sens de trop dans ta vie. Je ne sais pas à quel moment tu as cessé de m'aimer. J'aurais dû être plus attentif, sans doute. Si je m'en étais rendu compte, je ne t'aurais pas laissée faire. Je crois. Mais tu sais quoi ? Je pense aussi qu'à ma façon, je t'ai tout donné. Même quand ça a commencé à devenir un peu moins beau et à déconner. J'ai l'impression de me battre tout seul depuis une éternité pour défendre une histoire que tu avais déjà désertée. Ça fait des mois que je me pose des questions sur ton vague à l'âme et tes crises de larmes, sur ton constant besoin de te recentrer, de faire le point, de réfléchir, d'aller marcher… Des mois que j'attends un geste de ta part. Pas grand-chose, juste un truc qui me dise *Tu es encore important pour moi*. Un signe qui me prouverait que ça vaut le coup de m'accrocher, que tout ça est passager. Et moi, comme un con, j'y croyais encore, j'essayais tout seul de trouver des solutions, de comprendre pourquoi tu pleures en cachette au beau milieu de la nuit, pourquoi je ne peux plus te toucher, pourquoi tu nous fuis. Comme un pauvre con qui n'a rien capté. Un pauvre type qu'on trompe pendant qu'il s'occupe de la marmaille.

Et là, il venait de faire défiler leurs pires souvenirs. Ceux auxquels elle devait penser quand elle partait rejoindre son amant.

— Ça a été très beau, et même magique, entre nous, parfois. Mais ça n'a pas suffi, visiblement, au moment où il aurait fallu que tu t'en souviennes. Alors, tu sais quoi ? Je voudrais que tu t'en ailles maintenant.

Les Soirées de la Louze

Son père appelait ça les *Soirées de la Louze*. Un petit rituel qui s'était instauré de lui-même lorsqu'ils s'étaient retrouvés seuls, *entre mecs*, après la séparation. Une mauvaise journée, un bon gros coup de blues, une déprime amoureuse, et ils embrayaient sur une *Soirée de la Louze*. En vrai, c'était toute la baraque qui était un peu devenue la *Maison de la Louze*, depuis que leur mère était partie vivre chez sa copine, en attendant de se trouver un nouveau logement.

Les règles d'une *Soirée de la Louze* étaient très simples, car il n'y en avait qu'une. On ne pouvait participer à une *Soirée de la Louze* que si on était au fond du seau. Une bonne *Soirée de la Louze*, ça se méritait ! La Sauterelle se retrouvait donc régulièrement exclu pour cause d'amoureuse stable et de bonnes notes à l'école. Ça l'arrangeait bien, en vrai, comme ça il pouvait rejoindre ses copains ou sa chérie pour des soirées *pas de la louze*. La Sauterelle se sentait peut-être exclu, mais, en même temps, il ne s'était pas fait larguer pour une parole de trop au cours d'un match de foot ou après quinze ans de mariage. Chacun ses problèmes, on peut pas tout avoir.

Une *Soirée de la Louze* se déroulait toujours à peu près de la même manière. Ils allaient vite fait au Carrefour Market pour acheter une bouteille de bière et un coca. Ensuite, ils rentraient. Son père appelait Domino's pizza pour commander une quatre fromages. Et lui, il choisissait un film qui fait du bien. Le livreur sonnait, son père payait. Il récupérait la quatre fromages et la posait sur la table du salon, entre la bière et le coca. Pendant ce temps, lui, il attrapait la pancarte *Soirée de la Louze, ne pas déranger*, et l'accrochait sur la porte d'entrée.

Son père lui avait dit : *Il nous faut une pancarte spéciale, tu peux t'en occuper ?* Alors il avait pris un vieux carton qui traînait, et avait écrit dessus *Soirée de la Louze*. Il avait jugé utile de préciser *Ne pas déranger*, au cas où quelqu'un aurait eu dans l'idée de passer les voir. En vrai, ça n'arrivait jamais. La Sauterelle s'était encore foutu de lui : *Ça s'écrit pas comme ça « la lose »*, mais son père avait tranché : *On l'écrit comme on veut. Au point où on en est…*

Ce soir-là, c'était un peu spécial parce que son grand-père s'était joint à eux. Il était arrivé à l'improviste, et ils avaient passé un peu de temps dehors à parler, son père et lui. Ensuite, ils étaient rentrés et le verdict était tombé.

Je crois qu'on est bien mûrs pour une Soirée de la Louze, avait déclaré son père.

Ils avaient fait comme d'habitude, sauf qu'ils avaient pris deux bières au lieu d'une. Avant de choisir le film, il avait demandé :

— Qu'est-ce que tu as envie de regarder, papy ?

— Oh, peu importe. Ce que tu veux.

Alors, il avait choisi *Love Actually*, avec Keira Knightley, parce qu'il était raide dingue d'elle dans tous les films qu'il avait pu voir. Dans celui-là, il y avait deux scènes interdites parce qu'il était trop petit, selon son père. Il lui collait sa main devant les yeux et ça lui donnait encore plus envie de voir. En vrai, ce film était mieux qu'un coca, une tonne de bonbons et toutes les pizzas quatre fromages du monde. Il lui regonflait le cœur et lui donnait l'impression d'avoir des ailes. Ça serait parfait pour son grand-père qui était tombé dans la tristesse depuis que sa grand-mère était malade.

Dring ! Pizza et *Soirée de la Louze, ne pas déranger* !

Ils étaient vautrés tous les trois dans le canapé. Cela faisait environ deux heures que Hugh Grant faisait son lover au 10 Downing Street, que Colin Firth dépérissait dans sa campagne solitaire, que Keira Knightley se trompait de garçon et qu'Alan Rickman résistait difficilement à la tentation de tromper sa femme. Enfin, le gamin du film allait prononcer cette phrase épique et merveilleuse : *Allons nous gaver d'amour à en crever !* Avec la musique épique et merveilleuse qui allait bien. Le meilleur moment du film, selon lui. Cette phrase lui donnait envie de se *gaver d'amour à en crever,* lui aussi, d'habitude. Mais ça, c'était avant qu'Odessa lui fasse dire qu'elle n'avait plus du tout envie de se *gaver d'amour* avec lui. *Plus jamais,* qu'elle lui avait fait dire, même.

— J'aurais préféré ne jamais tomber amoureux, avait-il pensé tout haut, au risque de rompre la magie épique et merveilleuse du film.

— Comment ça ? avait demandé son père.

— L'amour, c'est nul. C'est pas du tout comme dans les films. En vrai, ça fait trop mal, les filles. Tu vois, papa, si t'avais pas connu maman, elle t'aurait pas quitté. Et tu ne serais pas malheureux. Et moi, pareil.

Son père et son grand-père s'étaient regardés un moment.

— L'heure est grave, avait dit son grand-père en se redressant, cet enfant est sur le point de renoncer à l'amour !

Il s'était alors tourné vers lui :

— Ce n'est pas aussi simple, tu sais, avait-il commencé. Et d'abord, qui est l'heureuse élue ?

Lui, il avait haussé les épaules avant de murmurer :

— Odessa.

— C'est pas banal comme prénom, avait remarqué son père.

— Si tu souffres à ce point, avait repris son grand-père, c'est parce que cette histoire avec

Odessa est importante pour toi. C'est parce que tu lui as fait une grande place dans ta vie. Je me trompe ?

— Non, avait-il concédé.

Mais qu'est-ce qui lui avait pris de parler de ça ?

— Aurais-tu voulu d'une histoire de rien du tout ? Aurais-tu préféré un amour sans importance ?

— Je ne sais pas…

— Écoute, crois-en ton vieux grand-père. Les seules histoires qui méritent d'être vécues sont celles qui te font chavirer le cœur. Les autres, tu ne t'en souviendras même plus dans quelques années. Alors que celle-ci te tiendra toute la vie !

— Mais j'ai mal, moi. J'ai plus faim, j'ai plus envie de rien et même le film, je le trouve nul, alors que c'est mon préféré ! Et puis, j'en ai marre d'avoir les pétoches et envie de pleurer chaque fois qu'on se croise à l'école. Avant, elle m'attendait à l'entrée, maintenant, je suis tout seul.

— C'est malheureusement le prix à payer, mon chéri, avait conclu son grand-père en lui ébouriffant les cheveux. Il faudra faire avec.

— Je confirme, avait ajouté son père.

La méga Louze, quoi.

Cherche appartement ou maison

En regardant ce pauvre agent immobilier, elle se dit que le malheureux aurait sans doute filé à toutes jambes s'il avait eu connaissance de la liste des critères à remplir pour la satisfaire. Un casse-tête abominable qu'elle mettait quiconque au défi de résoudre.

Dans l'idéal, il lui aurait fallu une villa pour que ça ne change pas trop les enfants qui avaient toujours grandi dans une belle maison de famille. Avec trois chambres au minimum. Une pour le petit, même si ces derniers temps, elle le retrouvait souvent dans son lit à elle au petit matin. Elle ne doutait pas qu'il allait encore se jeter longtemps sur le premier prétexte venu pour rester collé à sa mère toute la nuit. Une pour le grand, qui aurait vite fait de la mettre sens dessus dessous, d'y répandre ses hormones adolescentes et d'en faire sa caverne inviolable. Et une pour elle, un luxe. Mais bon, on peut toujours rêver. Heureusement, sa grande était maintenant étudiante, et elle avait hérité du studio de la rue Voltaire. Ça faisait une personne de moins à loger, même si elle lui manquait cruellement.

Et puis, il faudrait que ça reste dans leur quartier. Comment dire ? Il faudrait que ça ne soit pas trop près de son ex-mari, pour éviter d'avoir à le croiser en allant chercher le pain ou en partant travailler. Parce que, bon... ça n'était pas le but. Mais pas trop loin non plus, pour que les enfants ne se sentent pas déracinés, qu'ils soient en terrain connu. Il faudrait quelque chose, un peu en bordure de leur vie d'avant. Oui, un truc qui y ressemble, mais différent, tout de même.

S'il pouvait y avoir une baignoire, ça serait le Graal. Oh oui, si l'Univers pouvait éviter de la priver de cette drogue douce et indispensable qu'étaient les bains brûlants, elle lui en serait éternellement reconnaissante.

Pas de plaques chauffantes, évidemment. Un chauffage au gaz de ville, parce que c'est mieux. Une petite cour, parce qu'un jardin il ne fallait pas trop y compter. Une rue calme, si possible. Des voisins pas trop bruyants, des vieux par exemple, ça serait parfait. Deux fenêtres en façade pour la lumière, parce que oui, la lumière, c'est crucial.

Et le tout pour un loyer de 600 euros maximum. Comment ça, elle rêvait ?

— Ici, vous avez la cuisine.

— Elle est petite.

— Oui, mais très fonctionnelle. L'arrivée du gaz se trouve ici, vous n'aurez qu'à raccorder votre gazinière.

Elle n'y avait pas songé avant, mais en fait, ça ne la dérangeait pas tant que ça, que la cuisine soit petite. Elle n'avait jamais consacré beaucoup de temps à la préparation des repas jusqu'alors, ça serait assez logique que la pièce où elle cuisinerait désormais soit à la mesure de ses talents. De toute façon, avec un ado qui noyait toute nourriture sous une tonne de pesto, et un petit qui avait opté pour une alimentation à base de Miel Pops…

Bizarrement, elle qui passait son temps à collectionner les mugs, les tasses, les bols, les coupelles, les assiettes, et tout un tas d'autres récipients, bizarrement, elle ne ressentait plus du tout ce besoin d'accumulation. Bizarrement, elle avait envie du minimum vital dans sa nouvelle vie. Six assiettes, six verres, autant de couteaux, de fourchettes, et de cuillères. Deux casseroles, un faitout, quelques spatules, une grande poêle. Et une jolie tasse. Avait-on vraiment besoin d'autre chose ?

Elle se souvint que c'est à peu près tout ce dont ils disposaient, son ex-mari et elle, quand ils squattaient le petit studio de la rue Voltaire. En étaient-ils moins heureux pour autant ? À bien y réfléchir, est-ce que ça n'avait pas commencé à foutre le camp entre eux lorsqu'elle avait commencé à collectionner les mugs au prétexte qu'elle était fan de thé et lui de café ?

— Ça donne sur une petite cour. On ne peut pas y mettre grand-chose, mais c'est pratique pour stocker la poubelle et un ou deux vélos.

Une petite cour ! Il ne s'en sortait pas si mal, l'agent immobilier !

— Je vous montre l'étage ?

Une chambre. Deux chambres. C'était tout. Hum… fallait pas se faire d'illusion. La troisième chambre, ça serait le canapé. Il faudrait bien s'y faire, à déplier son lit chaque soir, pour le replier chaque matin. Une sorte de punition qu'elle accepterait sans broncher, estimant sans doute la mériter un peu.

C'est étonnant ce que l'on est prêt à accepter dès que l'on change un tant soit peu de perspective. Dans son ancienne maison, sa chambre, c'était son refuge. L'endroit où, ces derniers temps, elle se faufilait durant la journée dès qu'elle en avait l'occasion, pour s'extraire du brouhaha ambiant qui l'insupportait.

C'était aussi, très paradoxalement, l'endroit qu'elle détestait le plus à la nuit tombée. Celui où son mari la rejoindrait. Celui où elle était censée avoir envie de le retrouver. L'endroit où elle était en défaut. Défaut de désir, défaut d'amour, défaut d'envie. Celui qu'elle aurait préféré ne pas avoir à partager avec lui.

— La salle de bains, qui n'est pas très grande non plus, mais vous m'avez dit que vous aviez des garçons, alors ça devrait aller.

— Vous ne connaissez pas mes fils, ça se voit !

— Par contre, c'est une baignoire. Ça ira ? Parfois les gens préfèrent les douches, surtout quand la salle de bains est petite.

— Ça sera parfait.

Une baignoire ! Encore un peu et elle aurait eu envie de l'embrasser.

— Le loyer est à combien ?

— 750 euros. Sans les charges.

— Ouais. Je ne pensais pas aller au-delà de 600.

— Dans votre situation, vous allez toucher des APL, vous savez.

— Oui, et puis d'ici quelques mois, je récupérerai ma part de l'ancienne maison. L'un dans l'autre, ça devrait aller.

— Il y aura un petit coup de frais à donner. C'est un peu dans son jus, mais avec quelques pots de peintures…

— Ça me va déjà très bien comme ça.

— Ah. Vous êtes du genre vintage ?

— On va dire ça.

Elle n'était pas du genre vintage. Elle était du genre fauchée. Du genre qui n'a pas assez d'argent pour investir dans des pots de peinture, des bâches et des pinceaux. Et puis du genre qui n'en a pas envie, non plus. Ça venait juste de la heurter en pleine face, mais c'était pourtant la vérité. Les murs étaient restés bloqués dans les années soixante-dix. Sur les boiseries on devinait les traces des derniers locataires, et probablement de tous ceux qui les avaient précédés. Et pourtant, elle n'avait pas envie de changer quoi que ce soit.

Quand elle songeait au temps incalculable qu'elle avait passé à repeindre les murs, les portes, les soubassements, les moulures, les escaliers et les meubles de son ancienne maison. À son envie continuelle de tout changer, de tout refaire, de modifier la place des meubles, la couleur des murs, le style des coussins, des rideaux, des draps, des serviettes de bain, et même des torchons.

Quand elle se souvenait de ses errances décoratives qui l'avaient fait passer du *wax africain* à la *urban jungle*, des motifs géométriques aux imprimés japonisants, du gris perle au vert anis, puis de la couleur ficelle au bleu céladon.

Quand elle repensait à l'atelier qu'elle avait projeté d'installer au fond du jardin. Aux meubles qu'elle récupérait dans les braderies afin de les customiser. Aux tutos qu'elle avait avalés sur Youtube avec sa fille, aux magazines de déco qu'elle avait parcourus sans s'arrêter, aux catalogues Ikea, Alinea, Castorama qu'elle avait stockés sur la table basse. Aux projets de réagencement de l'étage, d'extension de la cuisine, de carrelage de la salle de bains.

Merde ! Ça venait carrément de lui sauter à la figure. Elle avait passé les dernières années à repeindre des murs, sans jamais se rendre compte que ce n'était pas le décor qui clochait dans sa vie.

C'est toi ou c'est pas toi ?

Cela faisait longtemps qu'elle n'était pas allée chez le coiffeur. Elle avait opté pour les cheveux longs sans vraiment y réfléchir, juste parce que la plupart du temps, elle était à sec. Et que passer la porte d'un salon de coiffure lui allégerait davantage le porte-monnaie que la chevelure.

Mais là, c'était lui qui régalait. Il avait dégoté un de ces bons plans dont il avait le secret et il avait décidé de lui en faire profiter. Il lui avait dit : *Rue Gambetta, tu choisiras ce que tu veux*. Elle s'était donc rendue rue Gambetta et s'était assise face au miroir. Elle avait donné quelques vagues consignes à la coiffeuse qui s'était exécutée. Rien de bien compliqué, raccourcir les pointes et redessiner le dégradé, un séchage naturel. Non, pas de brushing, ni de soin hydratant, ni de sérum. Pas de laque. *Restons simple.*

On passe enfin à la partie bombasse du programme, avait-elle pensé. Car, il fallait bien qu'elle se l'avoue, elle commençait à douter du programme qui déchire. Grave. Certes, le massage avait été agréable, quant au reste... Elle ne voyait pas encore très bien de quelle manière le lancer de bûche et le gourou du rire pouvaient la rendre irrésistible et sexy. Sans remettre en cause la démarche globale, non, mais tout de même. Là, une séance dans un salon de coiffure, ça avait plus de sens. On se rapprochait de l'objectif et c'était pas trop tôt.

La coiffeuse positionna le miroir de façon à ce qu'elle puisse voir l'arrière de son crâne.

— Ça vous plaît ?

— Oui, oui, c'est très bien, répondit-elle poliment.

En vérité, ça ne faisait pas tellement de différence avec sa coupe précédente. C'était juste un peu plus court et ordonné. Il y avait eu un peu de travail sur le dégradé mais rien de transcendant non plus. En considérant que sa coupe habituelle lui convenait déjà, comment aurait-il pu en être autrement de celle-ci ? Donc, oui, ça lui plaisait.

Elle sortit du salon et, par automatisme, remit son bonnet. Puis elle le rejoignit dans un petit café où ils avaient convenu qu'il l'attendrait et ferait passer le temps en compagnie d'un bon livre.

— Déjà ? lui dit-il, visiblement surpris d'un retour si rapide, alors qu'il avait à peine eu le temps de lire deux chapitres.

— Oui, monsieur, répondit-elle, presque fière.

— Alors ? Montre !

Elle retira son bonnet. Remit un peu d'ordre dans sa chevelure, tourna sur elle-même pour qu'il puisse admirer sa nouvelle coupe sous tous les angles.

— T'es sérieuse ? lui demanda-t-il, visiblement déçu.

— Quoi ?

— Tu me fais une blague, c'est ça ? En vrai, tu n'y es pas allée !

— Bien sûr que si ! J'en sors à l'instant.

— Mais... enfin, rien n'a changé ! Tu as exactement la même allure !

— Tu rigoles, elle a raccourci d'au moins cinq centimètres, lui dit-elle en lui montrant avec ses doigts à quoi ça correspondait.

— Suis-moi !

Il ne lui laissa même pas le temps de remettre son bonnet et sortit du troquet en l'entraînant à sa suite. Ils retournèrent au salon de coiffure qu'elle venait juste de quitter. Il se mit devant elle.

— Est-ce que tu t'es demandé ce que tu voulais, au fond de toi ? Ne réponds pas tout de suite, attends ! L'autre jour, tu m'as dit que tu kiffais la coupe de Jean Seberg. Dans ta piaule, il y a un poster de Audrey Hepburn dans *Vacances romaines*. C'est pas toi qui m'a confié rêver de trouver le courage, un jour, de tout ratiboiser ? Pour te faire une coupe qui déchire ? C'est toi ou c'est pas toi ?

— Oui, c'est vrai, c'est moi. Mais...

— Eh bien, c'est aujourd'hui ! Le jour où tu rentres dans un salon de coiffure, et où tu demandes à la coiffeuse de tout couper pour te faire un truc qui déchire, c'est maintenant !

— Euh...

— Décide-toi, putain ! Si c'est vraiment ce que tu veux, alors ne laisse pas la peur t'en empêcher. On ne va pas t'amputer, c'est rien que des cheveux. Imagine, si tu pouvais te lâcher, sans craindre les conséquences. Sans avoir peur d'avoir une tête horrible ou de prendre les remarques de ceux qui t'ont toujours connue avec tes cheveux longs, qu'est-ce que tu ferais ?

Elle se mordilla la lèvre un moment avant de répondre, un reste d'hésitation dans la voix comme si on lui tendait un piège :

— Je demanderais une coupe garçonne.

Il ouvrit la porte du salon de coiffure.

— Alors, est-ce que tu entres dans ce salon et tu demandes à cette gentille dame la coupe de tes rêves ? Ou est-ce qu'on repart avec ta tête de tous les jours et sans rien changer ?

— Putain, tu fais vraiment chier !

— Je ne fais rien du tout. C'est toi qui décides, ma grande : on rentre dans le salon ou on rentre à la maison. La seule question importante, c'est : à qui veux-tu qu'elle ressemble, la nouvelle toi ?

Elle réfléchit pendant quelques secondes, comme si elle avait eu à sauter d'un avion en plein vol. Elle respira un grand coup, releva la tête et passa devant lui pour franchir la porte.

— Je veux une putain de coupe qui déchire tout.

Qui ploie mais ne rompt pas

Le seul de ses amis au courant lui avait dit : *C'est pas une vraie femme, c'est une brindille. Qu'est-ce que tu lui trouves à cette nana ?* Cet ami – mais l'était-il vraiment ? – ne comprenait rien. Il lui avait montré une photo d'elle, et le voilà qui imaginait des trucs sur cette maîtresse, qui débarquait régulièrement de son train. Une brune toute fine aux mèches rebelles, à des années-lumière de son épouse officielle qui arborait tailleur chic, brushing impeccable et maison high-tech. Son ami imaginait un genre de biche effarouchée qu'on ne peut pas toucher. Il jugeait sans savoir, au fond.

Tandis que, lui, il savait. Qu'elle était capable de le clouer au pieu comme aucune autre femme auparavant. Il savait qu'elle n'était jamais plus bandante qu'après l'amour, quand son corps, après s'être tendu à l'extrême, s'abandonnait sans autre mouvement que celui de sa respiration haletante. Quand elle était à ses pieds ou lui aux siens, quand leurs membres s'enchevêtraient de façon presque indissociable, dans ces moments-là, elle s'agrippait à son bras, à sa jambe, à ce qui était à sa portée. Elle s'agrippait à lui comme à une bouée. Rien ne la rendait plus excitante.

Il aimait par-dessus tout quand elle finissait par-dessus lui. L'inverse lui faisait peur, c'est vrai, il craignait de l'écraser. Petite brindille qui ployait sous son poids, mais qui ne rompait pas. Il préférait quand elle était au-dessus, et qu'une fois la jouissance passée, elle gardait son corps sur le sien, sans changer de position.

Pour lui qui savait, elle n'était jamais plus bandante qu'après l'amour. Elle était bien plus excitante que son allure ne le laissait présager. Un piège à mec. Une drogue dure. Un truc dont il ne s'était pas méfié et dont il avait découvert, trop tard, qu'il ne pourrait plus s'en passer, maintenant qu'il y avait goûté.

Elle était petite, incontestablement. Un peu maigre, voire même chétive. Admettons. Elle pouvait sembler fragile, et sans doute l'était-elle un peu. Mais c'était se tromper gravement, d'imaginer qu'elle n'était pas une vraie femme.

Le Roi du matelas

La première chose qu'il avait faite après son départ, ça avait été de changer de matelas. Il l'avait ressenti comme une urgence et il n'était pas loin de penser qu'ensuite, il lui faudrait également se débarrasser de l'intégralité de leur linge de lit. Taies d'oreiller, draps-housses, couette et alèze. Tout devrait y passer. Le mois du blanc, en quelque sorte.

Il s'était emparé du matelas et avait tenté de le descendre par la cage d'escalier. Seul. Il se souvenait avec précision qu'ils avaient été deux pour le monter, mais il avait insisté. À un moment, l'encombrant objet lui avait échappé, il avait dévalé le reste des marches avant d'atterrir quelques mètres plus bas, en travers du couloir, décrochant quelques cadres au passage.

Il l'avait ensuite chargé dans le Scénic et il avait roulé jusqu'à Emmaüs. Là-bas, les gars avaient refusé de s'en charger.

— On ne prend pas les matelas usagés, monsieur. Vous comprenez, on ne sait pas d'où ils viennent, ni où ils ont traîné. Et puis certains ont trop vécu pour pouvoir être réutilisés.

Son matelas à lui, ça ne faisait aucun doute qu'il avait trop vécu. Il en avait trop vu, trop subi pour que d'autres puissent encore dormir ou baiser dessus.

— Le mieux, ça serait encore de le foutre aux encombrants, vous savez.

Alors, il était allé à la déchetterie. Il s'était garé sur la butte qui surplombe la benne des déchets textiles. Il avait sorti le matelas du coffre de la voiture, l'avait tenu quelques secondes bien droit, face au vide, et l'avait ensuite projeté avec une force qu'il ignorait avoir encore en lui. La rage, sans doute, car il n'y a que la rage pour vous donner cette puissance-là.

Vingt ans de nuits communes gisaient désormais à ses pieds, au fond d'une benne un peu crade où personne n'irait plus les chercher.

Sur le chemin du retour, il fit une halte au Roi du matelas. Il lui faudrait au moins ça.

Mais va te faire foutre !

— Oh tu sais, moi, je suis plutôt une adepte de la sérendipité… avait dit cette meuf d'une manière qui se voulait raffinée, alors qu'ils étaient dans une soirée on ne peut plus ordinaire.

C'était la première fois qu'il la voyait. Il s'était dit qu'elle ferait une bonne candidate potentielle pour sa liste de numéros de téléphone. Le jeu datait de quelques semaines, et il était en peine pour nourrir son répertoire. Il allait se faire taper sur les doigts ! La fille était arrivée avec un petit groupe d'amis et avait aussitôt scanné le bar pour se faire une idée du gibier qu'on y trouvait. La demoiselle était une prédatrice, il ne devrait pas trop galérer pour lui arracher son 06.

Ils avaient entamé la conversation, et au bout de quelques minutes, elle avait lâché son fameux *Oh tu sais, moi, je suis plutôt une adepte de la sérendipité*. Cette fille lui avait paru très fière d'elle sur ce coup-là. Elle avait réussi à caser *sérendipité* dans la conversation et il était à peu près certain qu'elle cherchait à attiser sa curiosité. On voyait qu'elle jubilait intérieurement, comme si elle venait de marquer deux cents points au Scrabble.

Elle avait sans doute découvert ce mot sur Google, et réalisé à quel point il serait utile pour ses plans drague. *Sérendipité* la rendrait cultivée, intelligente, intéressante et sûrement très belle aussi.

La vérité (mais comment aurait-il pu le deviner), c'est qu'elle aimait aussi *scandaleusement*, qui la rendait scandaleuse quand il le fallait (*insolemment* faisait bien le job aussi). Les mots de plus de quatre syllabes l'avantageaient de manière conséquente. *Addiction* lui donnait un petit côté hors la loi et gentiment junkie. *Incipit* faisait d'elle une lettrée. Mais rien n'était plus efficace que *sérendipité*.

En général, ça devait sûrement faire mouche. Avec un, *Oh tu sais, moi, je suis plutôt une adepte de la sérendipité*, elle devait ferrer le poisson direct. *C'est quoi ça, la sérendipité ?* Immanquable ! Elle savait ce qu'elle faisait, la bougresse.

Mais sur lui, *sérendipité* n'avait pas eu l'effet escompté. À la seconde où elle avait prononcé le mot, il avait changé de tête, prétexté reconnaître quelqu'un qu'il devait absolument saluer et l'avait laissée en plan avec *perplexité*, *stupeur* et *désappointement* pour seule compagnie, se gardant bien de choper son numéro de téléphone.

La vérité (mais comment aurait-elle pu le deviner ?), c'était qu'il venait de blacklister une fille qui l'avait saoulé (mais saoulé, vraiment) pendant deux semaines avec *procrastination* sur Tinder. Je suis une procrastinatrice née, qu'elle serinait. Procrastination, mon amour ! Elle servait ce mot à toutes les sauces. Lui, son truc, c'était de coller des hashtags. Elle en avait abusé jusqu'à la nausée. Et elle l'avait usé, lui, jusqu'à la corde (mais usé, vraiment). #FuckProcrastination !

Alors là, *sérendipité,* ça avait déclenché une sirène d'alarme dans son cerveau : *à fuir de toute urgence !* Ça non, on ne l'y reprendrait plus. Sérendipité, et puis quoi encore ! Sérendipité... Mais va te faire foutre ! Vraiment.

De toute façon, de manière générale, il avait décidé de fuir les filles qui voulaient faire leurs intéressantes.

Jalouse

Elle avait toujours été jalouse. C'était l'un de ses pires défauts. Celui qui la rendait la plus malheureuse et la moins attachante. Autant dire qu'elle avait mal démarré dans la vie, parce que les raisons d'être jalouse ne manquaient pas.

En quarante ans d'existence, elle avait expérimenté la jalousie sous de nombreuses formes.

Elle avait été jalouse… De ses camarades qui partaient en vacances dans des pays lointains et qui avaient des maisons tellement plus grandes que la sienne. De ceux qui avaient plus de trois cadeaux à Noël. De ceux qui avaient leurs parents encore ensemble. De ceux qui avaient des parents séparés mais qui avaient reçu une Gameboy, pour la peine. De ses copines qui avaient vu leurs seins pousser avant les siens. De celles qui avaient de beaux seins tout simplement. De celles qui avaient osé fumer. De celles qui avaient osé coucher. De celles qui savaient ce qu'elles voulaient faire dans la vie. De celles qui savaient jouer de la guitare. Chanter.

Dessiner. De Sophie Marceau dans *La Boum*. Des filles qui avaient tapé dans l'œil du prof de philo, super sexy mais qui, au bout d'un an, ne savait toujours pas orthographier son prénom. De celles qui avaient un prénom qui déglingue et dont on se souvient. De la nana qui sortait avec Loïc Baudino alors qu'elle n'avait aucun charme. De ceux qui avaient le courage de lever la main pour parler dans les AG. De Sophie Marceau dans *L'Étudiante*. De ceux qui avaient les moyens de se payer un studio pendant leurs études. De ceux qui avaient les moyens de s'offrir une maison après. De sa meilleure amie qui était tombée enceinte avant elle et que tout le monde regardait avec l'admiration que l'on voue aux pionnières. De Sophie Marceau dans *LOL*. De tous ceux qui avaient des enfants sages et intelligents. De ses collègues qui grimpaient les échelons comme on prend un escalator quand elle avait continuellement l'impression de se prendre les pieds dans une échelle de corde. De ceux qui avaient des places pour la *private session* de Kate Tempest. De ceux qui en savaient cent fois plus qu'elle sur tout, et qui lui donnaient l'impression d'être bête. De ceux qui ont la chance d'avoir des carreaux de ciment dans leur cuisine, un jardin plus grand et une rue plus calme. De celles qui se payaient des chemisiers en liberty quand le liberty était à la mode. De celles qui cousaient quand la couture est revenue à la mode. De la mère trop cool de Mona qui fume des joints avec sa fille.

De ces gens qui ont une vraie personnalité. De ceux qu'on a envie d'écouter. Des filles à la peau mate qui peuvent porter des couleurs pâles. Des filles à la peau pâle qui rendent sexy les taches de rousseur. De ces nanas de quarante ans qui montent un groupe de rock. De celles qui n'ont pas peur de se faire tatouer. De sa pote qui a réussi à se dégoter un sac Nat & Nin depuis longtemps épuisé, même pas trouvable sur Vinted, et dans la couleur dont elle a toujours rêvé. Des filles aux cheveux longs qui savent se coiffer. Des filles aux cheveux courts qui font oublier celles aux cheveux longs. De celles qui se mettent au sport et qui s'y tiennent. De Mélanie Laurent, à la seconde où il s'est extasié sur sa beauté énigmatique. De toutes les filles auxquelles il trouvait un petit quelque chose. Et de toutes ses ex, naturellement. De toutes ces femmes en général qui devenaient plus belles en vieillissant, et de Sophie Marceau en particulier.

Ça ne l'avait jamais lâchée. Elle ne pouvait s'empêcher de se comparer, de se déprécier et de toujours se retrouver en position de rivalité. Des rivalités qu'elle s'inventait toute seule mais qui pourrissaient tout.

En couple aussi, ça l'avait rattrapée. Au début non, parce qu'au début il y a toujours une forme d'exclusivité. Mais au bout d'un moment, ça l'avait rattrapée. Pourquoi il s'éloignait d'elle, dans les soirées ? Qui c'était cette fille à qui il parlait ? Pourquoi il riait à ses blagues ? Pourquoi il ne restait pas là, à côté d'elle ?

Qu'est-ce qu'il cherchait ? Qu'est-ce qu'il lui trouvait ? Qu'est-ce qu'il lui manquait ?

En vieillissant, c'était un peu passé, la jalousie de couple. Pas les autres formes de jalousie, mais celle-là, oui. Elle s'était dit que c'était toujours ça de pris. La cruelle vérité, c'est que c'était le contraire, c'était ça de perdu, mais elle ne s'en rendait pas compte. Son indifférence était surtout le signe que son mari avait perdu tout intérêt à ses yeux et qu'elle n'imaginait pas qu'une autre puisse lui en trouver.

D'aussi loin qu'elle se souvienne, elle avait toujours été jalouse. La fin de leur histoire lui avait donné l'occasion d'expérimenter de nouvelles formes de jalousie. Des trucs plus subtils, dont seule la nature humaine a le secret. Des trucs tordus, vraiment.

Durant les quelques mois où elle l'avait trompé, c'était un peu revenu. Beaucoup même. C'est bien connu, il n'y a pas plus soupçonneux qu'un conjoint adultère !

Elle avait même poussé le vice jusqu'à mener deux jalousies en parallèle. Elle ne supportait pas l'idée que son mari puisse la tromper. Et elle ne supportait pas que son amant poursuive une vie conjugale. Elle était allée jusqu'à les *stalker* tous les deux sur les réseaux sociaux et avait découvert à quel point un *like* de trop peut vous mettre au supplice.

Elle avait toujours été jalouse, même quand elle avait ce qu'elle voulait.

Elle venait de le quitter. Elle avait obtenu le divorce et mis un point final à leur histoire, elle avait repris sa liberté. Eh bien, à la minute où elle sortit du palais de justice et où elle le vit s'éloigner, elle devint jalouse de celle qui viendrait après elle. Elle ne voulait pas qu'une autre femme prenne sa place dans ses draps, ni dans cette ancienne vie qu'elle considérait encore comme la sienne, même si elle n'en voulait plus. L'idée qu'il puisse caresser le visage d'une autre lui était insupportable, à elle qui avait fait bien pire.

Elle voulait que tout reste au statu quo après son départ. Que rien ne bouge. Sauf elle. Car bouger, c'était avancer. Sans elle. Et si, au bout du compte, il avançait mieux sans elle ? S'il avançait mieux qu'elle sans lui ?

Elle découvrait maintenant une autre forme de jalousie. Elle était jalouse de celui qu'il deviendrait sans elle.

Donner

Ça faisait un bon moment que les mains d'un gars ne s'étaient pas posées sur elle. Au début, c'était plutôt par choix. Après tout, rien ne l'empêchait d'enchaîner les plans culs depuis que son ex l'avait libérée, bien malgré elle, de ses engagements. Elle aurait pu se taper un mec de transition, un pansement qui se serait occupé d'elle, histoire de lui changer les idées. Mais elle avait préféré s'abstenir pour ne pas se perdre dans des bras qui ne lui auraient pas convenu. Et puis, ça l'arrangeait d'éviter les emmerdes, car même un simple plan cul comporte son lot de complications, quoi qu'on en dise.

Jusque-là, elle avait fait comme si c'était normal de ne pas se donner au premier venu. Parce que c'était précieux et qu'il ne fallait pas gâcher. Elle en avait fait une sorte de posture. Sauf qu'au final, elle se retrouvait comme une pucelle qui n'a pas envie de brader sa vertu, et parfois, ça lui faisait mal jusque dans ses entrailles, ce manque d'un autre corps qui aurait eu envie de s'occuper un peu du sien.

Plus que le sexe – bien que l'absence de sexe la torturât parfois atrocement – c'étaient les câlins qui lui manquaient. Étonnant d'ailleurs, de constater à quel point ces simples gestes de tendresse peuvent cruellement vous mettre en état de carence quand on en est privé. Se laisser aller dans les bras d'un mec, sentir une main parcourir son dos, aligner sa respiration sur celle de quelqu'un d'autre. Oui, ça lui manquait.

À un moment, elle avait même songé à retourner se faire masser, histoire de tromper la faim, mais ça n'aurait pas été pareil. On a parfois juste besoin de réconfort, d'être serré dans les bras de quelqu'un. C'est comme ça.

Elle n'avait pas osé lui en parler, mais visiblement il avait dû le deviner. Peut-être même l'avait-il déjà vécu, sûrement même, parce que l'étape n° 5 du programme tombait à point nommé.

Il lui avait annoncé : *Rue Neuve, tu vas donner et recevoir*. Traduction : il les avait inscrits à l'événement *free hugs* qu'il avait vu passer sur Facebook.

Elle s'était dit qu'après tout, ça ne serait peut-être pas si mal de prendre des gens dans ses bras, même des inconnus. Elle avait déjà vu des vidéos Youtube sur le phénomène et les gens avaient l'air tellement heureux, ensuite, qu'ils donnaient envie de les imiter. Oui, elle trouvait ça excitant l'idée d'ouvrir ses bras pour y accueillir des inconnus, de les serrer fort, de sentir une belle énergie circuler, de voir naître de la reconnaissance sur leurs visages, peut-être. Il lui avait assuré : *Tu vas voir, ça sera bien. Tu donnes, tu reçois. Y a rien de mal, c'est juste des câlins*.

Et donc, elle se retrouvait plantée là, au beau milieu de la rue piétonne avec sa pancarte *Câlins gratuits* devant elle. Elle était là, souriant de toutes ses dents pour donner envie, pour dire *Allez-y les gens, soyez pas effrayés*, alors qu'elle-même était tétanisée à l'idée qu'on la reconnaisse ou qu'on se foute de sa gueule, et plus encore, à l'idée que quelqu'un l'étreigne un peu trop fort. Elle était donc là, à prendre des gens contre elle tout en maintenant une petite distance de sécurité, à leur donner de l'affection, mais pas trop quand même. À éviter aussi que cela ne dure plus de quelques secondes, parce qu'au-delà, ça la mettait mal à l'aise. Et malgré tout, elle avait l'impression de faire de son mieux. Elle avait le sentiment de franchir une limite personnelle, de sortir de sa zone de confort, de se faire violence par bien des aspects. De cet exercice, elle espérait un déblocage, même si elle ne le formulait pas ainsi.

Toutes sortes de gens venaient à elle, plus ou moins timidement. Elle préférait quand c'étaient des femmes. Elle ouvrait les bras, et tâchait de les accueillir comme si elle avait toujours fait ça. En réalité, dans sa tête, elle comptait. Un, deux, trois… et hop, elle relâchait l'étreinte pour signifier que leur temps était écoulé et qu'il ne fallait pas s'attarder. Circulez, messieurs dames !

Elle le regardait de loin, qui faisait pareil et qui ne semblait pas beaucoup plus à l'aise qu'elle. Il était chaperonné par une meuf qui lui expliquait des trucs, qui le prenait dans ses bras pour lui montrer comment faire. Une meuf un peu *space*, visiblement bien à l'aise avec son corps à elle et aussi avec son corps à lui, qu'elle serrait longtemps – bien plus de trois secondes, en fait – pour lui donner l'exemple.

À la fin de l'après-midi, tous les membres du groupe se retrouvèrent sur la Grand-Place pour discuter un peu avant de se quitter.

— Alors, tu en as pensé quoi ? C'était pas mal pour une première, non ? lui demanda un adepte du câlin de rue, qui l'avait guidée tout l'après-midi.

— Ouais, c'était pas mal, mais... je ne sais pas, j'imaginais ça autrement. Je pensais que les gens souriraient davantage. Et que ça provoquerait en moi quelque chose de différent. À certains moments, j'ai même eu l'impression qu'ils nous faisaient la charité. Et je n'aime pas tellement quand les gens me prennent en pitié.

— Oh ça... C'est juste une question d'habitude.

La tradition, au moment de se dire au revoir, c'était de se faire un câlin. Évidemment. Alors, elle passa de bras en bras, d'accolade en accolade, jusqu'à se retrouver face à lui qui l'avait amenée ici pour qu'elle apprenne à donner.

Tu vas voir si je ne sais pas donner, pensa-t-elle. Elle ouvrit grand les bras et s'avança contre lui. Il referma les siens sur elle et la serra fort. Elle fit de même, comme pour relever un défi. Un, deux, trois… À l'instant où il aurait fallu qu'ils relâchent leur étreinte, il ne la laissa pas repartir, il lui passa sa main dans le haut du dos, prolongeant le contact. Il était en train de lui faire un vrai câlin ! Pas un câlin de rue qu'on ne destine qu'aux inconnus, non. Un vrai câlin, de ceux que l'on réserve aux êtres chers.

Quatre, cinq, six… Elle avait compris de quoi il retournait. La logique aurait voulu qu'elle lui rende la pareille, qu'elle aussi lui passe la main dans le dos pour lui témoigner de l'amitié, à défaut d'affection. Mais elle se cabra et fit en sorte de lui échapper en douceur avec une pirouette maladroite.

— Au fait, j'ai vu que tu as récupéré son numéro, lui dit-elle en pointant du menton la fille avec laquelle il avait eu l'air de bien accrocher.

Ni l'un ni l'autre ne furent dupes de ce qui venait de se passer. La manœuvre de diversion servait uniquement à cacher un malaise grandissant entre eux.

— Oui, répondit-il, mais je ne sais pas encore si je vais l'appeler.

Ses cinquante-quatre grains de beauté

Il avait compté. Elle avait cinquante-quatre grains de beauté répartis sur le corps, sa brindille. Il savait qu'elle en avait même un, caché entre deux orteils, et qui aurait pu fausser l'inventaire. Cinquante-quatre grains de beauté, dont un entre les orteils, sans compter les taches de rousseur qui mouchetaient son visage, juste ce qu'il fallait pour que ce soit sexy. Elle disait que c'étaient des taches de vieillesse, il lui répondait qu'elles étaient jolies sur elle.

Elle était allongée sur le lit, un drap la recouvrant à peine. Et il ne pouvait s'empêcher d'explorer la cartographie de ce corps qu'il ne connaissait pas encore suffisamment à son goût. De compter, encore et encore, le nombre de ses grains de beauté. Il baladait son doigt de l'un à l'autre, comme on suit les contours d'une constellation. Un, deux, trois, quatre… Cela partait de la nuque, à la naissance de ses cheveux bruns. Cinq, six, sept, huit, son doigt glissait ensuite entre ses omoplates. Et il continuait sa course le long de la colonne vertébrale, jusqu'à la naissance des fesses. Arrivé là, il lui restait encore une bonne vingtaine de points à égrainer pour arriver au nombre total.

Il adorait passer ses doigts sur son grain de peau imparfait, et poser la main sur le repli de son ventre, quand elle se recroquevillait. Il ne se lassait pas de la caresser, comme pour mémoriser l'empreinte de ce corps quelque part en lui, pour en garder un souvenir auquel se raccrocher, une fois qu'elle serait partie.

Il avait envie de la photographier sous tous les angles, d'immortaliser chacun de ses cinquante-quatre grains de beauté. Il y avait bien un an, au moins, qu'il n'avait plus touché à son appareil photo. Peut-être plus, il ne s'en souvenait pas. Durant tout ce temps, il avait eu l'impression que ses yeux ne voyaient plus la beauté. Il en était même arrivé à craindre qu'il n'y ait plus rien de beau à voir dans ce monde. Peut-être parce qu'il le connaissait trop. Plus rien à capturer, à imaginer ou à découvrir. Plus rien dont il pourrait avoir envie de se souvenir ou d'imprimer la trace.

Mais là, il voulait se remettre à la photographie. Et ça allait même plus loin, il pensait ressortir son vieil argentique, oui, celui qui est moins pratique, qui ne donne pas le droit à l'erreur, mais qui a une façon inégalée de capter la lumière. Il avait envie du grain particulier d'un bon vieux papier Kodak, pour venir y poser chacun de ses cinquante-quatre grains de beauté.

L'imperfection, le flou ou le manque d'éclairage ne lui faisaient plus peur. C'était même exactement cela qu'il recherchait avec elle, un truc vague et imparfait, mais qui offrirait une lumière incroyable, impossible à maîtriser.

Très drôle

Ma vie est nulle sans toi. Elle est triste sans toi. Elle n'a aucun intérêt, si tu n'es pas là. Ma vie ne vaut rien, si je ne peux pas me réveiller avec tes 54 grains de beauté à côté de moi… Je t'aime, tu me manques. Vivement notre prochaine nuit…

Qui est-ce ?

Très drôle…

Mes 54 grains de beauté ne peuvent pas vivre sans toi, eux non plus.

Tu nous manques terriblement.

Myrtille

Myrtille, c'était la seule qu'il avait appelée. Depuis qu'il recensait les numéros de téléphone des filles qu'il croisait, il n'en avait encore composé aucun. Mais avec la nana des câlins, il s'était dit que ça pourrait coller.

Ils étaient allés boire un verre et avaient discuté. Myrtille portait un parfum à base de patchouli, ne minaudait pas, n'avait pas d'accent bizarre ou de tics de langage, et détestait le Ricoré. Elle avait du goût en matière de lecture, faisait des études de géographie, du bénévolat pour des œuvres humanitaires et des maraudes pour les sans-abri. À un moment, elle l'avait fait rire, ce qui était plutôt de bon augure.

Ils étaient retournés boire des verres, s'étaient fait un ciné, avaient traîné un peu ensemble, assouvi leur passion commune pour la cuisine indienne dans le meilleur restaurant de la ville, et fini par s'embrasser.

De manière générale, il n'aimait pas tellement les filles qui portaient des prénoms de fruits. Mais voilà, elle n'y pouvait rien, si elle s'appelait Myrtille et s'ils venaient de s'embrasser.

C'est à ça que ça ressemblerait ?

Il y avait un amoncellement assez incroyable de sacs et de valises posés dans le couloir de l'entrée. Pas spécialement bien alignés. Plutôt jetés là, en vrac, au gré des allées et venues, à travers les étages de la maison familiale.

En d'autres circonstances, ça aurait ressemblé à un départ de plein été. Il y aurait eu de la joie sur les visages, du sommeil à récupérer, des projets plein les têtes et le caméscope à ne surtout pas oublier.

En d'autres circonstances, il aurait eu envie d'immortaliser le moment, de garder un souvenir de ce bazar extraordinaire. Mais là, c'était le contraire, il avait besoin de ne pas trop y penser et que surtout ça ne s'éternise pas. Même s'il pressentait que ce souvenir allait le hanter pendant un bon moment. Jusqu'à la semaine suivante, c'était sûr, mais sans doute aussi pour les mois ou les années à venir.

Ils avaient opté pour la garde alternée. Sans trop y réfléchir et sans trop se battre non plus.

Ils avaient tout divisé par deux. Ça aussi, du coup.

Alors c'est à ça que ressemblerait la vie à présent ? À une semaine passée en apnée complète, sans bouée de secours, sans réserve d'oxygène. Une semaine de paternage intensif où il donnerait tout, où la maison serait pleine, où ça remuerait de partout, et où pourtant il se sentirait seul. À des jeudis où il faudrait commencer à réfléchir à *comment on fait demain ?* Où il devrait appeler leur mère puisque tout n'était pas encore très clair, même si sur les papiers du juge ça semblait ne faire aucun doute. À un couloir rempli de valises chaque vendredi soir. À des mômes assis sur le canapé, en train d'attendre qu'elle arrive, de scruter par la fenêtre en s'inquiétant qu'elle ne trouve pas de place juste devant pour garer le Scénic (parce qu'il y avait pas mal de trucs à porter, finalement).

Ils avaient décidé que ça se passerait bien. Qu'ils ne seraient pas cons. Du coup, il avait prévu de les aider à porter les valises, et il n'avait pas bronché en les voyant embarquer les fringues neuves qu'il venait de leur offrir. Même s'il doutait de les revoir avant longtemps, parce qu'elle n'avait jamais été très à jour de ses lessives et que ça ne risquait pas de changer maintenant.

Alors c'est à ça que ressemblerait leur vie maintenant ? À les voir emmener des photos de lui dans une maison où il n'avait aucune envie de mettre les pieds. À devoir accepter silencieusement qu'ils accrochent des photos d'elle, ici. À négocier pour que ça ne sorte pas de leurs chambres et à éviter de croiser son regard sur papier glacé quand il monterait le linge propre ou qu'il viendrait ranger en leur absence. À se dire que sa tronche à lui était aussi punaisée quelque part chez elle. À devoir accepter ça comme plein d'autres choses qui ne passaient pas. À se demander à quoi ressembleraient leurs photos de famille, désormais.

Ils avaient dit 18 heures. Et à 18 heures précises, la voiture avait tourné au coin de la rue. Elle avait toujours eu horreur d'être en retard. Une chose, au moins, qui n'avait pas changé. Il avait aperçu le véhicule à travers la vitre. Il avait même reconnu le bruit du moteur bien avant de la voir apparaître le long du trottoir. Il avait toujours su reconnaître le bruit de la voiture quand elle arrivait, sa façon de rétrograder et puis de freiner. Sa façon de se garer aussi, quand il y avait de la place devant la maison et qu'il ne fallait pas trop manœuvrer. À force d'habitude, il avait fini par reconnaître tous les bruits qu'elle faisait. Même au milieu de la nuit, quand elle rentrait de soirée et qu'il était au lit. Le bruit du Scénic qui se garait, ça le réveillait, mais il se rendormait aussitôt comme quand on sait que l'autre est rentré, que tout est en ordre et qu'on n'a plus besoin de s'inquiéter.

Ça ressemblerait donc à ça maintenant, sa manière d'arriver. À une silhouette qui passerait devant les fenêtres et qui sonnerait à une porte dont elle aurait pourtant toujours la clé. À se dire qu'elle avait dû y réfléchir longtemps avant de décider si elle entrerait directement dans la maison qui avait été la sienne pendant toutes ces années. Dans cette maison où ils avaient emménagé, il y a une éternité, quatorze ans, le jour où Pierre Bachelet est mort – plus personne ne s'en souvient, il y a même des gens qui croient que Pierre Bachelet est toujours vivant et qui se demandent pourquoi on ne le voit plus à la télé.

Ça avait dû être terriblement difficile pour elle, de sonner comme une inconnue à la porte d'une maison qu'elle avait aménagée dans ses moindres recoins, cette maison qui lui ressemblait plus qu'à lui, finalement. Il éprouva un peu de compassion à cette idée et se dit qu'il préférait avoir été de ce côté de la porte ce soir. Et puis il se sentit rattrapé par la colère. Il n'avait pas fini de lui en vouloir de leur faire vivre ces vendredis soir merdiques. Finalement, il se demanda s'il ne devrait pas changer la couleur des murs, virer la déco et récupérer sa clé.

Ça ressemblerait à ça. À rester en retrait dans un coin du salon et à laisser les enfants lui ouvrir, à les entendre lui dire qu'elle leur a manqué et à crever de jalousie. À entendre sa voix leur répondre que pareil, ils lui ont manqué. À se dire que *Bien fait pour elle*, après tout, elle l'a bien cherché.

Ils avaient dit : *On ne se fera pas la bise*. Ils ne s'embrasseraient plus jamais de leur vie, mais ils ne se feraient pas la bise pour autant. Quand ils en avaient discuté, ça lui avait sauté aux yeux. Il y a deux catégories de personnes à qui l'on ne fait pas la bise : celles que l'on ne connaît pas assez et celles que l'on a connues de trop près. Elle pourrait se vanter d'évoluer toute seule dans la seconde catégorie pendant longtemps encore. En ce qui le concernait, c'était mieux ainsi. Il avait désiré son corps en vain pendant des mois, elle n'avait plus voulu qu'il la touche. Pire même, elle avait laissé un autre bénéficier de ce qu'elle lui avait refusé. Rien que l'idée de sa joue contre la sienne, désormais, ça lui filait la nausée.

Ça ressemblerait à ça, leur relation, maintenant. Se tenir à l'écart d'un corps qu'il avait aimé. Être envahi d'un sentiment étrange lorsqu'il la trouverait belle, certains jours, et s'en vouloir de ressentir ça, lui en vouloir à elle aussi de provoquer ce truc en lui. Se demander si elle le fait exprès de relever ses cheveux, alors qu'elle sait que ça lui faisait de l'effet du temps où ils étaient ensemble. Se demander d'où elle sort ses nouvelles chaussures à talon et si elle porte encore le tee-shirt des Ramones qu'il lui avait offert. Ne pas avoir décidé si oui ou non ça le ferait chier. Voir ledit tee-shirt sur leur fille aînée parce qu'elle l'a trouvé dans le sac de linge à bazarder, avoir la réponse, et sentir son cœur se rétracter davantage.

À la seconde où la porte se referma, il comprit que la semaine *sans* ne serait pas aussi facile qu'il l'avait pensé. Enfin, pas tout à fait à la seconde, parce qu'il y eut encore ces deux minutes avec les enfants sur le trottoir, de l'autre côté du voilage, et le bruit de leur dispute pour choisir qui monterait devant (puisque, désormais, la place était libre), et leurs questions pour savoir si elle avait fait les courses et ce qu'ils allaient manger ce soir.

Deux minutes de micro-jubilation intérieure, durant lesquelles il s'aperçut qu'ils râleraient également chez elle, qu'ils seraient un peu chiants aussi, et qu'elle ressentirait tout comme lui le sentiment envahissant et insupportable de son incapacité à tout gérer seule. Deux minutes de pur plaisir égoïste à l'imaginer, face à la montagne de valises à ranger et au repas à préparer.

Alors ça ressemblerait à ça, les vendredis soir sans eux ? À les voir partir à trois dans un brouhaha terrible. À ressentir deux minutes de joie à l'idée du silence et du temps devant soi dont la maison se remplirait, sans pouvoir réellement en profiter.

Il se demanda s'il réussirait un jour à s'y habituer, à ce système de vases communicants qui n'arrivent plus à communiquer. À cette alternance de trop-plein et de trop-vide. À ce truc complètement bancal qu'ils tenteraient de remettre d'aplomb, tant bien que mal et chacun de leur côté, une semaine sur deux.

Que reste-t-il de notre amour ?

Salut. Est-ce que tu pourrais prendre les enfants ce week-end ? Je suis obligée de partir en déplacement et ça va être compliqué pour moi.

Nous allons nous en tenir à ce qui a été défini par le juge. Tes difficultés à t'organiser ne me concernent pas.

OK. Mais ce n'est pas parce qu'on est divorcés qu'on ne peut pas se dire bonjour et être un peu sympa dans nos échanges, non ?

Rien ne m'y oblige.

Personne à contacter en cas d'urgence

Quelque temps après son embauche, l'assistante du service Ressources humaines lui avait demandé de passer pour remplir sa fiche d'information. Nouvelle adresse, nouveau numéro de compte… Pas mal de changements dans sa vie, en vérité.

Elle remplissait consciencieusement le formulaire, quand elle arriva à la ligne : *Personne à contacter en cas d'urgence*. Et ce fut l'équivalent d'une révélation. Car dans cette ville, elle n'avait, littéralement, plus personne à contacter en cas d'urgence.

Plus personne à appeler en cas de panne de voiture, de galère d'électricité ou de souci de plomberie. Pas même son frère, qui était à plus de huit cents bornes de là.

Personne pour la trouver allongée sur le sol si elle venait à s'évanouir. Personne pour la conduire à l'hôpital en cas de crise cardiaque ou repérer chez elle les premiers signes d'un AVC. Personne pour l'aider en cas de bras cassé, de mauvaise grippe ou de chimiothérapie. Elle n'était carrément plus en position de choper une mauvaise grippe ou une tumeur au cerveau, à ce moment précis de sa vie. Et elle venait d'en prendre conscience d'une manière un peu brutale.

Elle était tout à fait seule, désormais. Elle ne l'avait pas réalisé jusqu'à présent, mais elle n'avait plus *personne à contacter en cas d'urgence*. C'était exactement ça.

— Vous êtes obligée d'indiquer un numéro, c'est le règlement.

— Je sais bien. Mais je n'ai personne à contacter.

— Vous avez bien une sœur, un ami, un voisin…

— Un voisin ?

— Oui, il faut trouver quelqu'un.

Alors, elle avait repris la fiche et inscrit son propre numéro, sans préciser qu'il s'agissait du sien. Parce que désormais, c'est ainsi que ça fonctionnerait. Elle n'aurait plus personne sur qui compter, à part elle-même.

On traîne juste ensemble

— Est-ce qu'il y a quelque chose que je devrais savoir, à propos de vous deux ?

Oui, Myrtille était du genre directe, surtout quand il s'agissait de son mec. Visiblement les sessions de câlins gratuits et le bénévolat pour les bonnes œuvres n'avaient pas le pouvoir d'atténuer sa jalousie ni de faire taire son penchant pour la paranoïa. Les présentations ayant été faites, ils avaient passé quelques soirées tous les trois. Si bien qu'elle ne comprenait pas pourquoi Myrtille lui posait cette question, à brûle-pourpoint.

— Bah non, Myrtille, y a rien de spécial à savoir.

— Vraiment ? Parfois on dirait que vous êtes comme des ex qui ont décidé de rester en bons termes. Je la trouve bizarre, votre relation.

— On traîne juste ensemble, lui et moi. On est des vieux potes, tu vois.

— Il m'a dit que ça faisait quelques mois qu'il te connaissait. Comment vous pourriez être des vieux potes ?

Il dit ça parce que c'est vrai, avait-elle eu envie de lui répondre, à Myrtille. On est comme des vieux potes parce qu'on a fait la guerre ensemble et qu'on a gagné des batailles. Comment veux-tu que je te le dise, Myrtille ? Ça te rassurerait de savoir que c'est grâce à moi que vous êtes en couple ? Que, sans moi, il n'aurait pas pris ton numéro de téléphone et ne t'aurait donc jamais appelée. Des mois de travail pour qu'il en arrive là, alors ne viens pas tout gâcher avec tes questions à la con !

On est comme des vieux potes, parce que parfois ce ne sont pas les années qui comptent, mais plutôt ce qu'on a fait ensemble. Parce qu'il m'a concocté un programme qui déchire, qu'il m'a vue lâcher les chiens, recevoir et donner. Parce que, sans lui, j'aurais encore une coiffure et des habitudes d'enfant sage. Parce qu'il m'a parfois poussée au bout de mes limites et que je l'ai aidé en retour à repousser les siennes. Parce que je l'ai maudit et jamais remercié, et que, pour lui, c'est pareil. Parce qu'on part en fou rire juste avec les mots *pipi* et *arc-en-ciel*. Voilà, Myrtille, pourquoi on peut dire qu'on est des vieux potes.

Et non, il ne se passe rien de plus entre nous parce que, quand il m'a prise dans ses bras, ça m'a grave fait flipper. Mais ça, tu ne le sais pas, Myrtille. Lui non plus, d'ailleurs.

Ça avait été d'un ridicule affligeant

Elle venait de bannir le body sculptant de sa garde-robe de façon définitive.

Sur le moment, elle avait cru à une bonne idée. C'était sexy sans faire pétasse. Ça gommait son petit ventre de mère de famille tout en remontant ses seins. Ça passait inaperçu sous sa robe pull moulante, mais la dentelle devenait perceptible si on la caressait du bout des doigts et carrément irrésistible si on y allait plus franchement. Ça lui avait filé l'envie d'être effleurée, et même plus. La pin-up qui sommeillait en elle s'était réveillée. Bam ! Non, sérieusement, sur le papier, le body sculptant en dentelle, c'était vraiment une bonne idée.

Au moment où elle l'avait enfilé, elle s'était bien rendu compte que ces gestes infiniment féminins, elle ne les avait jamais eus pour son mari. Ils n'avaient pas joué à ce jeu. Jamais. Elle se rendait compte qu'elle n'avait même pas envisagé d'exploiter le potentiel érotique d'une lingerie bien troussée et qu'elle avait probablement privé son couple d'une occasion de vibrer.

Elle s'apprêtait à offrir à son amant un cadeau dont elle avait spolié son mari, faute d'y avoir pensé. Peut-être s'étaient-ils connus trop jeunes pour jouer à ces jeux de grands. Ils s'étaient aimés avec la fougue de leurs vingt ans, mais n'avaient pas appris à l'entretenir, à la transformer, à la taquiner de temps en temps pour ne pas la laisser s'étioler à petit feu. Ils ne s'étaient pas méfiés de ce que les années font au désir, et avaient laissé s'éteindre la flamme. Une partie d'elle culpabilisait pour toutes ces occasions manquées qu'ils ne s'étaient pas offertes, et qui auraient peut-être ravivé des braises agonisantes. Et une autre se rassurait en se disant que cette relation était réellement très différente, que cet homme l'emmenait sur un terrain de jeu où son mari et elle ne s'étaient pas aventurés.

Cette histoire de body en dentelle marquait un cap. Elle le sentait. Ça faisait d'elle une femme qui s'affirme, une qui s'offre sans tout donner. Ça faisait d'elle quelqu'un d'autre, quelqu'un qu'elle n'avait pas éprouvé le besoin d'être durant le temps que son mariage avait duré.

Le body en dentelle n'était pas seulement sexy. Il était inaugural. Il portait avec lui le symbole de celle qu'elle allait devenir. Une femme passionnée dans les bras d'un homme exaltant. Qui reçoit, qui donne, qui prépare leurs retrouvailles. Qui aurait conscience de ses atouts et n'hésiterait pas à en jouer, dans le but de le rendre fou de désir pour elle. Un désir assumé et recherché, cette fois.

Oui, le body sculptant en dentelle, c'était une putain de bonne idée ! Jusqu'au moment où il avait fallu l'enlever, et là, c'était devenu clairement moins glamour. Quand elle était restée coincée les deux bras dedans et qu'elle avait trébuché sur le parquet, précisément. Ça avait été d'un ridicule affligeant. Même dans la semi-obscurité, elle l'avait vu se retenir de rire.

Plus jamais, de sa vie entière, elle ne porterait de body sculptant.

Son existence était plutôt une bonne nouvelle, en fait

Il avait toujours trouvé ça affligeant, les gens qui disent des trucs aussi cons que *Merci d'exister*. C'était d'un niais !

Mais là, il se retrouvait face à elle, dans une position totalement improbable. Elle, qui venait de se casser la figure en essayant, tant bien que mal, de s'extraire d'un body en dentelle visiblement trop serré.

Il faisait partie de ces personnes qui calibrent tout et qui gardent le contrôle, par peur du ridicule. Il regardait avec une certaine fascination ceux qui n'hésitent pas à rire d'eux-mêmes, à se mettre dans des situations grotesques, à grimacer en racontant une histoire ou à mimer des choses drôles. Il y voyait une forme extraordinaire de générosité.

Il n'osait pas se l'avouer, mais les maladroits, les gaffeurs et les handicapés de la vie pouvaient le bouleverser. Tout cela se jouait sur une fraction de seconde, à vrai dire, dans la façon de se relever après une chute. Dans la façon de l'accepter et d'en rire. De ne surtout pas se draper dans une dignité qu'on vient de perdre, de toute manière. Oui, la maladresse lui semblait être une posture qui confine au don de soi.

Et elle, elle était belle dans la maladresse. Elle venait de se casser la figure, dans un moment d'intimité extrême, quand le moindre détail peut vous faire perdre vos moyens. Elle s'était relevée en s'appuyant sur le bord du lit, son body en dentelle tire-bouchonné sur lui-même, elle avait haussé les épaules et souri d'un air gêné, puis elle avait rigolé. Ça la rendait encore plus touchante. Ça la rendait irrésistible. Il eut envie de l'aider et de l'aimer encore plus.

Et la seule chose que son pauvre cerveau fut en mesure de formuler, à cet instant, c'était que son existence était plutôt une bonne nouvelle, en fait.

Encore un peu et il l'aurait remerciée d'exister.

Valar morghulis

— Enfin, tu es là. Je t'attendais pour qu'on mate le dernier épisode de *Game of Thrones*.

— C'est gentil, mais je l'ai déjà regardé.

— Comment ça ?

— Oui, il était déjà en ligne, hier soir. Du coup, je l'ai regardé.

— Tu plaisantes, j'espère ! Tu as regardé le dernier épisode de *Game of Thrones* sans moi ! Mais c'est dégueulasse ! On a commencé à regarder la saison 8 ensemble. Pourquoi tu ne m'as pas attendue pour la fin ? Putain, on est un couple, oui ou merde ?

— Euh… désolé, Myrtille. Je ne savais pas qu'on en était à ce stade de notre relation.

Anomalie dans la *supply chain*

Avant, quand il rentrait à la maison le soir, il râlait. Il lui racontait sa journée de travail, qui était quasiment toujours merdique. Il lui racontait par le menu la moindre de ses petites contrariétés, la moindre petite anecdote, la moindre mesquinerie de ses collègues, de son chef, ou de ses clients. Il lui racontait tout. Même le week-end, et même sur le trajet qui les emmenait en vacances. C'était plus fort que lui. Il fallait qu'il extériorise.

Et elle, elle l'écoutait.

Il ne racontait ces choses-là à personne d'autre parce que ça aurait été trop compliqué. Il fallait connaître tous les détails, avoir été initié à la complexité des interactions qui se jouent au sein d'une entreprise que, par ailleurs, il vomissait jusqu'à la bile.

Et elle, elle savait.

Elle, elle avait tout suivi depuis le début, sans avoir jamais rien demandé. Elle connaissait certains de ses collègues pour les avoir rencontrés aux pots de fin d'année. Elle savait que le dossier Machin n'était pas piqué des vers. Elle avait appris, au fil des années, le moindre terme technique et n'avait pas besoin qu'on passe des heures à lui expliquer pourquoi une anomalie dans la *supply chain* transformerait inévitablement une journée banale en une journée de merde. Elle savait ce qu'était une *supply chain*. Elle n'en avait absolument rien à foutre, mais elle savait ce qu'était une saleté de *supply chain*.

Depuis qu'ils avaient divorcé, il n'y avait plus personne pour l'écouter. Il n'y avait personne tout court, mais de toute façon, il ne se sentait pas le courage de tout réexpliquer à quelqu'un d'autre.

Depuis qu'ils avaient divorcé, il ne râlait plus. Du coup.

Il ne voulait pas le reconnaître, mais ce seul point représentait, tout de même, une amélioration considérable de son existence.

Les bonnes choses

De manière générale, il attendait le moment où ce qui lui arrivait devenait une bonne chose. Enfant, on lui avait raconté l'histoire de cet homme qui ne se morfond pas des mauvaises nouvelles mais ne se réjouit pas trop des bonnes non plus, car chaque événement porte du positif en lui tandis que les meilleures choses ne sont pas toujours celles que l'on croit.

Là, clairement, c'était la merde. Il venait de larguer Myrtille et elle l'avait maudit jusqu'à la cinquième génération par SMS interposés. Elle avait pourri sa boîte vocale et spammé son adresse mail. Elle avait demandé à toutes ses copines de passer à sa caisse au Furet du Nord, très précisément à sa caisse, et de payer uniquement en pièces jaunes. Elle lui avait renvoyé, façon puzzle, ses quelques fringues qui traînaient encore chez elle. Il la soupçonnait d'avoir crevé les pneus de son vélo, déversé de l'huile dans sa boîte à lettres et donné ses coordonnées à des associations féministes en mode #balancetonporc.

Parfois, il lui semblait même qu'il était suivi, et il imaginait qu'elle planquait au coin de sa rue pour espionner ses faits et gestes.

Donc oui, techniquement, là, c'était la merde. Alors, il attendait patiemment le moment où ça deviendrait une bonne chose. Mais bon sang, que c'était long à venir !

Chez sa mère

Ça lui avait paru étrange, au début, de faire comme si la maison de sa mère était une sorte de *chez lui*. Ça lui avait paru étrange de voir des meubles et des objets de sa maison *en vrai* dans ce nouvel endroit. Il était censé s'y sentir bien, un jour. Oui, mais quand ? C'était bien son lit, avec les mêmes draps, et plein d'autres trucs qui avaient atterri *ici* alors qu'il en aurait encore besoin *là-bas*. Ça lui avait paru vraiment étrange, tout ça, en vrai.

Parce que désormais, il avait deux maisons. C'est ce que ses parents lui avaient dit avec des sourires un peu forcés. Lui, il n'en avait qu'une seule, de maison, et elle s'appelait *Chez moi*. La maison qui l'avait vu grandir. L'autre, c'était plutôt comme en vacances, quand on dit *Chez nous*, alors qu'on ne fait que passer. *Chez nous, on a une piscine*, avait-il dit de la maison de Saint-Jean-de-Luz, où ils étaient partis l'été dernier. Et la maison de Saint-Jean-de-Luz n'était pas *Chez lui* pour autant.

Une semaine sur deux, il avait l'impression d'être en vacances de l'autre côté du quartier et il continuait de se demander à quel moment il faudrait rendre la maison de sa mère à son véritable propriétaire. Il y avait *Chez moi* et il y avait *Chez ma mère*. Il n'avait pas deux maisons, quoi qu'en disent ses parents.

Pour autant, ça n'était pas si mal, *Chez sa mère*. C'était plus petit, et elle était obligée de dormir sur le canapé, mais ça n'avait pas l'air de la déranger. Dans sa nouvelle maison, elle semblait plus joyeuse. Souvent, elle rigolait en regardant son téléphone. Ou même sans rien regarder du tout. Elle était plus légère. Plus jolie aussi. Elle se mettait du vernis, elle se faisait des coiffures, elle portait des robes et elle s'achetait même des nouvelles chaussures.

Chez sa mère, ça sentait bon lorsqu'ils arrivaient, avec la Sauterelle, après une semaine d'absence. C'était plus petit, mais il y avait moins de bazar à ranger. C'était un peu vieillot, avec du papier peint tout moche. C'était comme une autre vie, juste à côté de l'ancienne, dans un nouveau décor et avec de nouvelles règles.

Ça n'était pas si mal, *Chez sa mère*. Ce n'était pas loin de l'école, on pouvait y aller à pied. Et puis surtout, c'était dans la même rue que chez le papa d'Odessa.

Programme libre

Elle avait accepté l'invitation en se disant, qu'après tout, il n'y avait pas de raison valable pour qu'elle la refuse. Ces gens étaient ses amis, avant. Elle avait toutes les raisons d'être là.

En réalité, cette soirée, elle l'attendait depuis des mois. Elle avait prévenu qu'elle viendrait accompagnée. Non, pas par son nouveau mec. Par son nouveau pote. Celui qu'elle avait ramassé un jour dans une laverie et avec lequel elle avait vécu des trucs de dingue depuis (mais ça elle ne l'avait pas précisé).

Elle lui avait dit : *Je t'emmène à une soirée rue Colbert. Comme ça tu rencontreras mes amis d'avant*. Ils étaient donc rue Colbert. Avec ses amis d'avant. Et plusieurs mois dans les gencives.

Ils étaient entrés dans cet immeuble qu'elle connaissait par cœur, avait grimpé les escaliers. Elle avait une impression de déjà-vu, et en même temps, le sentiment d'être tellement différente. Un peu comme si elle revenait d'un long voyage.

Elle l'embarqua avec elle au moment de saluer tout le monde et fit en sorte de le présenter sans oublier personne. Elle le regardait en coin chaque fois qu'on la complimentait sur sa nouvelle coupe de cheveux. Elle lui servit un verre, lui fit visiter les lieux et lui indiqua les toilettes, juste au cas où. Elle voulait qu'il se sente à son aise, que ses amis l'adorent, qu'ils lui parlent comme s'ils l'avaient toujours connu. Elle voulait que ça se passe bien pour lui.

À un moment, elle se figea.

— Ça va ? lui demanda-t-il.

— C'est lui, lâcha-t-elle dans un souffle, en continuant de fixer en direction du mec qui venait d'entrer.

— Je l'aurais deviné. Punaise, meuf, ça se voit à des kilomètres qu'il doit avoir une toute petite bite.

— T'es con !

Évidemment, elle se doutait que son ex serait à cette soirée. Elle s'était préparée à la confrontation avec un programme en cinq étapes qui était censé avoir fait d'elle une bombasse. Mais elle ignorait si le programme avait fonctionné. Ce qu'elle savait, c'est qu'elle se sentait extrêmement différente de la fille qui s'était fait remballer par son ex, six mois plus tôt.

L'ex en question fit le tour de la pièce en saluant chaque personne, comme en terrain conquis. Il connaissait tout le monde. Lorsqu'il arriva à leur hauteur, il afficha une certaine surprise. Il serra la main, distraitement et sans chaleur, à l'inconnu qui se tenait à côté d'elle, la dévisageant avec circonspection.

— C'est toi ? Waouh, j'ai failli ne pas te reconnaître ! Tu as coupé tes cheveux... Waouh... C'est... Ça change.

— Oui, c'est vrai. J'ai changé pas mal de trucs dans ma vie, ces derniers mois, lui répondit-elle avec désinvolture alors qu'elle avait imaginé et répété cette scène des dizaines de fois pour être certaine qu'elle dirait les bons mots et de la bonne manière.

— Et sinon, ça va ? Enfin, je veux dire, ça a l'air d'aller, toi.

— Ça va très bien, merci.

Non, elle n'allait pas chercher à savoir comment il allait en retour. La politesse aurait voulu qu'elle le fasse. Mais elle y avait beaucoup réfléchi, et elle avait décidé de ne rien lui demander, manière de lui montrer qu'elle se désintéressait de la vie qu'il pouvait bien mener depuis qu'il l'avait jetée. Et aussi parce qu'elle avait encore peur d'être dégoûtée si tout se déroulait à merveille pour lui.

— Et ta famille ? reprit-il.

Il agissait comme pour montrer qu'il était le seul dans la pièce à la connaître vraiment, cette fille avec laquelle il avait passé deux ans. Et deux ans, ce n'est pas rien quand on a vingt ans ! Elle le soupçonna de vouloir montrer qu'elle lui appartenait encore un peu, alors qu'elle semblait avoir avancé à pas de géant depuis qu'il l'avait débarquée de sa vie.

— Ma famille ? répondit-elle. Eh bien, mes frères grandissent, ma tante a pris la tangente à l'autre bout du pays, mes parents ont divorcé et mes grands-parents, c'est pas la grande forme.

— Ah, merde. Si je peux faire quelque chose…

Il lui aurait fallu un méga *update* pour être encore dans le *game*, et il était hors de question qu'elle lui donne cette satisfaction. Il ne possédait plus rien d'elle, désormais, à part des informations obsolètes.

— Non merci, ça va aller.

— En tout cas, waouh… Cette nouvelle coupe te va super bien ! Ça te change, un truc de dingue, conclut-il un peu bêtement, avant de s'éloigner vers le buffet.

Oui, beaucoup de choses avaient changé. Et pas seulement ses cheveux. Lui par contre, il n'avait pas tellement évolué. C'en était presque décevant. Elle aurait aimé qu'il soit un peu différent, mais non, toujours pareil. La même façon de parler, de se coiffer et de s'habiller. Aucune surprise. Rien de bien excitant. Étrange, ça lui donnait une sensation de régression temporelle.

— Trois *waouh* en moins d'une minute, joli score, ma grande ! lui dit-il pendant que l'ex s'éloignait.

— T'as vu !

— Je crois que ça s'appelle *faire forte impression*.

— Je crois que ça s'appelle *tout déglinguer* !

— T'es contente ? Si tu le travailles encore un peu, il sera à tes pieds.

— Eh bien, en fait, j'en sais rien. Je suis contente de l'avoir impressionné, c'est clair. Mais bizarrement, j'ai plus trop envie qu'il soit à mes pieds. Je ne saurais pas te l'expliquer.

Quelqu'un avait poussé la musique à fond. Il était maintenant presque impossible de s'entendre parler. D'habitude, c'était le moment où elle commençait à s'ennuyer, quand il est difficile de discuter sans gueuler ou sans aller se les geler sur la terrasse. Mais on passait *I Wanna Be Sedated* des Ramones, exhumé du passé et balancé à fond les décibels !

— Je vais danser ! lui fit-elle comprendre par gestes.

Il leva le pouce en signe d'acquiescement.

Elle rejoignit les danseurs qui se déhanchaient au milieu du salon, tandis qu'il restait adossé au mur, un verre à la main.

Elle se mit à danser comme les enfants au dernier jour d'école. Elle ferma les yeux, se fabriquant une bulle où personne ne pourrait venir la déranger. Même s'il s'agissait d'une simple parenthèse, elle voulait en profiter.

Elle commença par bouger la tête. Tranquillement. Pour se souvenir de ce que ça fait quand la musique remplit tout. Comme pour réapprendre à son corps ce que c'était, la danse, et lui en donner l'autorisation.

Et puis, à un moment, son corps tout entier reprit le pouvoir et lui restitua ce qu'elle avait appris lorsqu'elle était môme et que son père passait ses vieux disques des Ramones. Ce qu'elle faisait sans y réfléchir quand elle avait cinq ans, mais qu'elle avait oublié, depuis. C'étaient ses épaules, ses bras, ses hanches, ses jambes, ses pieds qui reprenaient le pas sur son esprit. C'était son corps tout entier que la musique habitait et qui l'obligeait à lâcher prise.

Elle se mit à danser comme un enfant crie, juste pour le plaisir de s'entendre crier. Comme si son ex, qui avait toujours trouvé ridicule sa manière de danser, n'était pas là. Comme si rien n'avait d'importance et surtout pas ce mec qui l'avait larguée quelques mois auparavant. Elle se mit à danser comme jamais elle n'avait dansé. Sans se préoccuper de ce que l'on pouvait dire d'elle, sans même y penser, comme quelqu'un qui n'a plus rien à perdre.

Car il n'y avait jamais rien eu à perdre, en fait, mais elle le découvrait seulement à ce moment précis. Elle dansait pour la sensation grisante d'être une enfant déchaînée, pour se faire du bien. Elle dansait comme la meilleure amie qu'elle était enfin devenue pour elle-même.

Résurrection

Tu sais quoi ?

J'ai réussi à réparer ma machine à laver !!!
Elle marche impec. Je suis trop forte !!!

Alors là, je demande à voir !

Viens

Meilleure pote

Depuis cette fameuse soirée, il pensait souvent à elle. Mais plus comme d'habitude. Depuis qu'il l'avait vue danser, il sentait bien que quelque chose avait changé en lui. Depuis qu'elle lui avait dit s'en foutre de cet ex avec lequel elle l'avait bassiné, ça n'était plus tout à fait pareil. Il lui arrivait même de rêver d'elle alors que ce n'était pas le cas, avant.

— Attends, vieux, on peut avoir un rêve avec une de ses potes dedans. Moi aussi, ça me le fait, des fois.

— Bien sûr, dit-il au barman en reposant sa bière sur le zinc. Enfin, je ne suis pas très doué en interprétation des rêves ou ce genre de psycho-trucs, mais, quand tu te retrouves dans un rêve avec ta meilleure pote et que tu lui enlèves religieusement ses fringues, ça perd de sa normalité, non ?

— Ben moi, je dirais que ça perd surtout son côté meilleure pote.

C'est bien ce qu'il lui avait semblé.

Il y a cet homme

Il y a cet homme qui est venu lui rendre visite. L'infirmière lui a dit : *Vous avez une visite, madame*, et elle l'a laissé entrer sans lui laisser le temps de donner son avis. L'infirmière a laissé entrer dans sa chambre un homme qu'elle ne connaît pas. Il n'a pas l'air méchant, bien au contraire, mais tout de même ! Quelle sorte d'endroit est-ce donc, pour qu'on installe dans votre chambre des gens que vous ne connaissez pas ?

Il a posé sa veste sur le rebord de la chaise et s'est assis, ensuite. S'il reste assis là trop longtemps, sa veste va finir par se friper. Doit-elle le prévenir que sa veste risque d'être fripée, s'il reste trop longtemps ?

Cet homme-là n'est pas médecin, peut-être un bénévole qui vient lui faire la lecture, peut-être un autre malade qui s'ennuie. Elle ne le connaît pas, même s'il lui semble vaguement familier. Il ressemble à ce vieux chanteur dont ils ont parlé à la télé, tout à l'heure. Jean quelque chose… Il a une large moustache, des lèvres charnues et le sourire facile. Mais il faudrait peut-être qu'il aille faire un tour chez le coiffeur. Doit-elle lui en faire la remarque ? Elle hésite. Dit-on ces choses-là, à un simple visiteur ?

Il a ramené une tarte aux abricots. Il lui demande : *Madame aime-t-elle la tarte aux abricots ?* Elle lui répond qu'elle ne sait pas si elle aime ça. Il lui semble que oui, mais elle n'en est pas certaine. Il sourit et il ajoute : *Le mieux est encore de goûter, dans ce cas*. Oui, le mieux, c'est encore de goûter. Cet homme-là ne manque pas de bon sens. Ni de bonnes manières.

Il coupe la tarte en plusieurs parts, prend une assiette sur la desserte et lui en prépare une. Elle le regarde faire. Il a de jolies mains. De très jolies mains, même. Elle goûte la part de tarte. Elle approuve *Bon sang... que c'est bon !* Et il se met à rire bruyamment. Il questionne : *Madame en reprendra-t-elle ?* Cet homme est poli. Elle aime ça.

Il aimerait savoir ce qu'elle préfère comme musique. Elle répond qu'elle n'en sait rien. Il y a des lustres qu'elle n'a pas écouté de musique, non ? Il lui demande s'il peut en mettre. Que si ça ne lui plaît pas, elle n'aura qu'à le lui dire. Cet homme a l'air gentil, vraiment. Cependant, jamais elle ne s'autorisera à critiquer sa musique ! Ça ne se fait pas, ces choses-là.

C'est une chanson d'amour, lente et presque triste, quand on fait attention aux paroles. Elle lui dit *Monsieur est un romantique*, pour le taquiner un peu. Mais il la regarde avec un air étrange soudain, un air... mélancolique. Oui, c'est ça ! Ce n'était pourtant qu'une petite blague, rien de méchant. Elle ne comprend pas et décide de ne plus faire de blague, au risque de le voir se rembrunir de nouveau.

Quand j'aime une fois, j'aime pour toujours... répète le vieux chanteur. Elle dit : *Je crois que j'ai déjà entendu cet air-là. Peut-être l'ont-ils passé à la radio.* Il lui sourit de nouveau. *Quand j'aime une fois*, répète-t-il en chœur avec la chanson. Il a des trémolos dans la voix, c'est rare chez un homme. *J'aime pour toujours.* Cette voix, bon sang... cette voix qu'il a !

Moi, je sais qui elle est

Papa, tu n'es pas obligé d'y rester toute la journée, tu sais. Elle ne sait même plus qui tu es…

C'est de ma femme dont il s'agit. Je n'ai pas perdu la boule, moi. Je sais qui elle est.

Bien sûr que je vais continuer à aller la voir tous les jours !

C'était jeudi, en fait

— Tu vois, quand on descend la rue Monge, il y a un moment où ça devient plus étroit, et où on ne peut pas tenir à deux sur le trottoir.

— Oui, oui, je vois.

Elle voyait très bien, ça oui, elle le visualisait parfaitement vu qu'ils passaient par là deux fois par semaine, en rentrant de soirée, et que le petit bout de trottoir où ça rétrécit sans raison les obligeait à se décaler et à suspendre leur conversation durant quelques secondes. Ensuite, ils arrivaient en haut de la rue Voltaire. Lui bifurquait rue des Archives et elle continuait sur cinquante mètres jusqu'à son studio.

Le trottoir de la rue Monge l'avait vue passer des centaines de fois. Il l'avait vue dans toutes les tenues, y compris les plus improbables. Il avait connu sa période jean troué, sa période Doc-collants destroy, sa période jupes longues, jupes courtes, puis très au-dessus du genou. Il l'avait vue descendre en sautillant, remonter en pleurant pour un ex qui ne la méritait pas, seule, accompagnée, bourrée quelquefois, médicamentée quand elle avait été au creux de la vague, en petite forme, en meilleure forme et, une ou deux fois, heureuse comme jamais. Ce trottoir connaissait d'elle ses deux dernières années, et ce n'était pas rien. En retour, elle connaissait tout de lui, le petit passage étroit en particulier.

Ce qu'elle voyait beaucoup moins bien, en revanche, c'était où il voulait en venir, avec son trottoir de la rue Monge. Il était chelou aujourd'hui ! Peut-être un nouveau rebondissement dans l'affaire Myrtille.

— Tu te souviens l'autre jour, quand on rentrait du restau ? On se dépêchait parce qu'il pleuvait, et tu t'es accrochée à ma manche pour ne pas glisser avec tes chaussures qui font un peu pétasse.

— Ouais, je me souviens.

Elle n'avait pas relevé le *pétasse* parce qu'il avait tendance à devenir grossier dans les moments de gêne et qu'il était le seul à pouvoir lui sortir un truc pareil sans se faire rembarrer. Mais bon.

— Sinon, tu peux me dire où tu veux en venir, précisément ?

— Précisément ? Eh bien, tu vois, ce soir-là, jeudi donc, à l'endroit où le trottoir devient trop étroit, très exactement, j'ai eu envie de t'embrasser. Précisément, comme tu dis, à cet endroit de la rue Monge, quand tu t'es accrochée à ma manche pour ne pas te casser la figure, j'ai eu envie de me retourner, de te coller contre le mur, de prendre ton visage pluvieux dans mes mains et de t'embrasser sans te demander ton avis. C'était ultra précis, même ! J'ai eu envie que tu me laisses faire, que tu ne te poses pas tes conneries de questions habituelles. J'ai eu envie qu'on reste là, pendant des heures, à s'embrasser contre le mur un peu crade de la rue Monge. Voilà, pour être tout à fait précis, ce qui s'est passé jeudi soir.

Oui, alors là, évidemment, c'était… précis.

Parce que c'est parfois très con

Tu sais à quel moment je suis devenu fou de toi ?

Non…

Quand tu t'es emmêlée dans ton body en dentelle et que tu t'es retrouvée par terre. Tout ce qu'il y avait eu avant était très bien. Mais ça, c'était de toute beauté…

Sérieux ?

Ça va ?

Non !!!

???

…

J'ai dépensé une fortune en fringues, coiffeur et maquillage pour cette soirée. Et toi, tu me dis que tu es tombé raide dingue de moi, juste parce que je me suis retrouvée le cul par terre !

Oui.

Et là, je viens de retomber amoureux de toi, juste parce que tu as écrit « le cul par terre »…

Moi aussi, je viens de retomber amoureuse de toi…

Tu as conscience que c'est vraiment n'importe quoi ?

Une semaine sur deux

Elle se dit que le temps est finalement très élastique. Il avait parfois été vite, très vite même, puis soudain il s'était ralenti au point de se figer. Au point de la laisser pour morte dans une vie qui était restée bloquée sur pause pendant de longues années.

Et puis, il y a quelques mois, il avait accéléré sans prévenir, le temps qui passe. Il s'était mis à battre très fort, jusqu'à lui donner le vertige.

Là, il s'était cadencé. Semaine A, semaine B, semaine A, semaine B… Un système pendulaire réglé comme une horloge par un document très officiel. Un rythme auquel il n'est pas admis de déroger sous peine de s'attirer des problèmes.

Elle était désormais mère durant la semaine impaire, et amante durant la semaine « père ».

Quand il venait la rejoindre, elle était envahie d'une sensation étrange. Un truc bizarre qui oscillait entre bonheur et trahison. Elle ressentait un plaisir coupable à inviter un autre homme que leur père chez elle, un homme que ses enfants ne connaissaient pas, mais qui avait massivement contribué à faire exploser leur monde.

Elle ne se sentait toujours pas à l'aise de l'inviter ici, dans leur maison des semaines A. Pour autant, à chaque fois qu'elle partait le rejoindre, elle embarquait avec la sensation pesante d'abandonner ses enfants. Elle se sentait comme ces gens qui disparaissent un jour, pour tout quitter. Elle avait terriblement peur de cette sensation, alors elle préférait encore l'inviter.

Quand pourrait-elle courir le rejoindre, à Calais ou ailleurs, sans avoir le sentiment atroce de trahir ses mômes ? Cesser de penser à ses enfants quand elle était avec lui ? Cesser de penser à lui quand elle était avec eux ? Quand se sentirait-elle de nouveau entière et non plus écartelée ?

À quel moment pourrait-elle sourire à ses messages sans se cacher ? Ou même sourire tout court, sans frôler l'indécence ? Être heureuse sans faire souffrir personne ?

À quel moment arrêterait-elle de sursauter aux notifications de son téléphone quand elle l'oubliait sur la table du salon, par peur que le petit surprenne un message potentiellement érotique, écrit par un homme qui vouait une passion dévorante pour son entrejambe de femme ?

Quand pourrait-elle mobiliser la salle de bains en prévision de leurs retrouvailles, sans éveiller les doutes de ses enfants ? Se faire jolie, mettre du rouge à lèvres et relever ses cheveux sans avoir l'impression d'être une traîtresse qui va séduire un autre homme que leur père ?

À quel moment oserait-elle enfin l'emmener dans ses endroits préférés sans avoir peur de les croiser ? Quand cesserait-elle de déserter les rues de sa ville ? C'était pour quand, la promenade du dimanche dans le parc d'à côté ? Le concert dans la petite salle où elle aimait aller ? Le cinéma de quartier, accrochée à son bras ? C'était pour quand, tout ça ?

Quand ne serait-elle plus hantée par la vision de ses enfants assis sur le canapé, au moment où celui-ci devenait leur terrain de jeux érotiques ? Au moment où leurs baisers s'affolaient et où leurs mains s'égaraient. Au moment où leurs corps nus en frottaient le tissu.

À quel moment pourrait-elle revivre leurs étreintes endiablées sans culpabilité ? À quel moment arrêterait-elle de laver les draps comme on efface les preuves ? De faire brûler du papier d'Arménie pour chasser son odeur ? Quand pourrait-il laisser son empreinte chez elle ? Son parfum dans la salle de bains et la marque de son corps sur le matelas ?

À quel moment pourrait-elle parler de lui ? Leur dire qu'elle aimait un homme ? Le leur présenter ?

Elle se demandait s'ils étaient condamnés à vivre leur relation comme un amour de contrebande, même quand ça n'en était plus un. Même quand chaque détail avait été réglé.

À quel moment une relation extraconjugale cesse-t-elle d'être illégitime ? Quand on l'a avouée ? Quand on s'est libéré des chaînes matrimoniales ? Qu'on est passé devant le juge, et qu'il a acté ? Ou bien est-ce que cela vient plus tard ? Quand les enfants sont au courant que tout va changer ? Quand on leur a dit qu'on se séparait ? Quand ils l'ont accepté ? Quand on a son propre toit, la maison des semaines A ? Qu'on paie son loyer et qu'on ne devrait plus avoir de compte à rendre ?

Elle se disait que pour elle, ça serait plus compliqué et elle se demandait quand passerait cette obligation de profiter de son bonheur en sous-marin.

Elle imaginait que ça viendrait des enfants, quand ils seraient prêts. Elle espérait leur dire un jour : *J'ai quelqu'un à vous présenter. Il vient le week-end prochain. Lui aussi a des enfants, on pourrait peut-être faire des trucs ensemble quand on se sera tous rencontrés.* Elle aimerait pouvoir en blaguer avec ses mômes, comme avant. Leur dire en rigolant qu'il faudrait être gentil avec eux, parce que bon… ils habitaient Calais, quand même. Faire de l'humour, sur Calais, retrouver un peu de légèreté.

À quel moment pourrait-on rire de tout ça ?

Elle se le demandait VRAIMENT.

Quelqu'un le savait-il, au moins ?

La voir rire

Depuis quelque temps, ils faisaient le chemin ensemble pour revenir de l'école. Il avait dit à Odessa, *Si tu veux on rentre ensemble*, et elle avait répondu *Oui*. Ce *Oui*, c'était une seconde chance, il le savait. Venant d'une fille qui avait promis de ne plus être son amoureuse. *Jamais*, qu'elle avait dit, en plus ! Alors là, c'était cadeau !

Donc, ils rentraient tous les deux. Sauf quand il passait la semaine chez son père et elle chez sa mère. Mais sinon, ça tombait plutôt bien. Un soir, alors qu'ils avançaient sur le trottoir, il avait eu cette idée.

— Tu veux qu'on fasse un jeu ? avait-il proposé.

— D'accord, avait répondu Odessa.

— Toi tu fermes les yeux, et moi je te guide avec ma voix.

D'abord elle s'était arrêtée pour prendre le temps de réfléchir un peu. Puis, elle avait fermé les yeux, et tendu les bras devant elle. Elle avait attendu qu'il lui donne le top départ, pour se remettre en route, et qu'il lui indique la direction à suivre. Tout droit, tout droit, tout droit. Stop, fais deux pas sur la gauche, tout droit, tout droit, attention à la bordure, tout droit, on traverse la rue, là, il y a encore une bordure, tout droit, tout droit…

Odessa ne pouvait résister à la tentation de regarder, alors il avait posé sa main sur ses yeux pour l'en empêcher. Tricheuse ! Tout droit, tout droit, stop, tourne à gauche, encore, encore un peu, stop, tout droit, tout droit.

Elle avançait cahin-caha. Ils se frôlaient, ils se bousculaient, ils s'éloignaient, puis se rapprochaient. Il gardait la main sur ses yeux pour l'empêcher de tricher. Elle avançait en titubant, en se cognant à lui, parfois. *C'est le jeu. C'est ça qui est drôle,* lui avait-il expliqué.

À un moment, Odessa avait trébuché et elle était tombée contre lui. Il l'avait cueillie à la volée et refermé ses bras sur elle. Alors, elle s'était mise à rigoler. Peut-être parce que ça lui faisait bizarre de se retrouver là, si proche ? Lui, il riait, simplement de la voir rire.

Ils avançaient tous les deux, sur leur petit bout de trottoir. Et peu importaient les passants, les choses qu'il ne faudrait pas dire et les vieilles histoires. Ils étaient ensemble, et elle riait. À ce moment-là, c'était à peu près la seule chose au monde qui comptait pour lui.

J'aime pas trop

— Au fait, Myrtille est venue me voir tout à l'heure, attaqua-t-elle en lui passant la salade.

— Comment ça, elle est venue te voir ?

Myrtille… Oh pitié ! De manière générale, quand il était question de Myrtille, ça n'était jamais bon signe.

— Oui, elle m'attendait en sortant du taf.

— Et elle s'est pointée comme ça, genre à la sortie de ton boulot ?

— Oui, continua-t-elle entre deux bouchées. Mais pas en mode psychopathe, je te rassure. En fait, elle venait me donner sa bénédiction. Pour nous deux. Il paraît que tu es un type formidable et qu'il faut que je fasse attention à toi.

— Sans blague ?

— Je te promets. Elle m'a dit que si c'était moi que tu avais choisie, alors elle ne pouvait pas lutter. Qu'elle avait toujours senti qu'il y avait un truc spécial entre nous. Qu'elle le savait, avant même que nous ne le sachions. Que c'était écrit, et tout et tout. Elle m'a dit un tas de trucs sur nous, sur toi, la larme à l'œil, la voix qui tremble. Enfin, tu vois le genre, j'imagine.

— Ouais, en mode Myrtille, quoi.

— Voilà. Ça ressemblait à un clip de Benjamin Biolay. C'était triste et ridicule. Du coup, je l'ai remerciée.

— Tu plaisantes ? Tu l'as remerciée de venir te pister jusque devant ton taf pour te donner sa foutue bénédiction ?

— Non, je l'ai remerciée d'avoir été une pauvre meuf totalement névrosée. Je lui ai dit que, sans ça, tu n'aurais sans doute jamais pu apprécier pleinement ce qu'on vit tous les deux, et que c'était juste génial d'arriver dans ta vie après elle. Bien que, techniquement, j'ai fait partie de ta vie avant elle… enfin, je me comprends.

— Tu es le mal !!! Je t'adore mais là, tu as été une très vilaine fille.

— Je sais ! Je l'ai dit en sachant que c'était méchant. Et je m'en veux un peu, au fond. Mais tu comprends, c'est comme si elle venait me pisser sur les chaussures. Enfin merde, Myrtille, si tu l'as quittée, c'est pas à cause d'un truc spécial qu'il y avait entre nous, c'est juste parce qu'elle était… Myrtille. C'est vrai quoi, faut qu'ils arrêtent les ex, avec leur manie de venir nous taper des mélodrames et de nous donner leur bénédiction. Comme si on en avait quelque chose à foutre qu'ils bénissent notre union, comme si on baiserait l'esprit plus tranquille après ça. Comme si on ne se rendait pas compte qu'en vérité, c'est juste parce qu'ils n'arrivent pas à lâcher. Ce truc de venir donner sa bénédiction, c'est juste une façon de marquer son territoire en venant y pisser une dernière fois ! C'est rien de plus que ça, sérieux ! Et moi, j'aime pas trop qu'on vienne me faire pipi sur les pieds.

Déraisonnables

Dis-moi, est-ce que je suis un choix raisonnable ? Parce que je ne veux pas être un choix raisonnable. Je serai toujours un mec gentil qui aide les vieilles dames à plier leurs draps. Je suis comme ça. Et je veux que tu le saches au plus profond de toi. Avec moi, tu n'auras pas à craindre les coups foireux et les sales histoires. Je crois que tu le sais maintenant. Mais je ne veux pas être un choix raisonnable. Je veux que tu aies un peu peur tout de même. Peur de me perdre autant que moi je crains de te perdre. Je ne veux pas être l'aspirine de tes lendemains de cuite. Je veux être celui qui t'enivre, parce que tu me fais tourner la tête. Je veux être ton ivresse. Je veux mettre le bordel dans ta vie. Mais un joyeux bordel. Je ne veux pas être un choix raisonnable. Les choix raisonnables ne sont là que pour se faire larguer.

Entre nous, rien n'a jamais été raisonnable. Crois-moi.

La petite vendeuse de chez Morel

Elle a écrit : La première fois qu'on a pris un bain tous les deux, c'était un dimanche soir. Je m'en souviens très bien parce que jusqu'alors, je n'aimais pas le dimanche soir. Elle a écrit ça il y a des mois, sur le mur juste au-dessus du lavabo. Ça tient sur un seul carreau de faïence.

Et c'est sûrement vrai parce qu'elle a longtemps eu le don de se souvenir des détails. Lui se souvient qu'ils se sont retrouvés plus d'une fois, tous les deux dans une baignoire. Mais elle, elle était capable de dire que c'était un dimanche et peut-être même l'heure qu'il était, la première fois.

Il vient de rentrer chez lui, pour une courte pause. L'hôpital est à quinze minutes et il voudrait y retourner le plus vite possible. Le médecin a dit : *Elle n'en a plus pour très longtemps. Quelques jours, peut-être moins. On ne peut pas avoir de certitude.*

Lui, ce qu'il sait avec certitude, c'est que son amour est en train de mourir dans un lit d'hôpital et qu'il n'est pas question de la laisser affronter ça seule. On ne laisse pas mourir seule l'amour de toute une vie.

Son fils lui a dit : *Va prendre une douche, tu pues.* Et il faut être de la famille pour saisir tout ce qu'il y a de tendresse dans cette phrase qui semble pourtant n'en contenir aucune. Depuis le début, ils ont décidé de continuer à se parler d'une façon normale, dans cette situation qui ne l'est plus.

Le médecin a dit : *Elle n'en a plus pour très longtemps.* Il la sait capable de tenir une heure, facile. Elle est du genre coriace. Une heure. Le temps d'une douche et d'un aller-retour.

Sur le mur de la salle de bains, elle a écrit au marqueur noir, de sa belle écriture. Des mots par-ci, par-là. Des phrases complètes, également.

Quand elle a su, pour sa maladie, elle s'est mise à écrire sur les murs de la maison. Elle a commencé par les trucs pratiques dont il ne se souviendra pas, quand elle sera partie. Elle savait que la vie allait se compliquer pour lui, elle avait décidé de l'aider un peu, à sa façon. La marque des cartouches pour l'imprimante, la référence des sacs de l'aspirateur, le nom du chauffagiste et les dates de révision de la chaudière pour les vingt prochaines années… Elle lui a dit : *Je ne sais pas combien de temps tu vas vivre après moi, alors je l'ai fait pour vingt ans, ça devrait aller. Sauf si tu décides de finir centenaire.* Il a pensé qu'il lui serait impossible de survivre. Pas même une journée. Que sans elle, vivre ça n'existait pas.

Elle a commencé par les choses utiles, les trucs qu'il serait bien en peine de retrouver après son départ. Et puis elle a continué en mettant ce qui lui restait de souvenirs. Ce qui a compté pour elle. Ce qui a été sa vie et qu'elle redoutait de voir disparaître, une fois qu'elle aurait tout oublié.

Le médecin s'était montré pessimiste, il avait dit : *Vous avez peu de temps*. Il avait ajouté : *Souvent, cela commence par la mémoire immédiate, mais cela finit toujours par toucher la mémoire à long terme*. Il avait fini par : *Je suis désolé, on ne pourra rien y faire.*

Il y a tellement de choses dont elle voulait qu'il se souvienne, après. Parce que tout au long de leur vie, elle a été celle qui se rappelait pour eux deux. Toute sa vie, elle a été sa mémoire. C'est pas une saleté d'ironie, ça ?!

— C'est malin, je vais devoir repeindre toute la maison quand tu auras fini tes bêtises, lui avait-il fait remarquer.

— Quand ce sera fini, tu n'auras plus que ça. Tu n'auras pas envie de tout remettre en blanc, lui avait-elle répondu.

— Le pire, c'est que t'as raison.

Il sait que, d'ici quelques jours, tous ces mots sur leurs murs deviendront testament. Il ne pourra s'empêcher de passer des heures à les regarder, même s'il craint, au début, de ne pas avoir la force de les lire.

Il sait que même la référence des sacs pour l'aspirateur, notée sur le mur de la buanderie, va l'émouvoir aux larmes pour les années à venir.

Elle lui a dit : *Il ne faudra pas que tu pleures trop longtemps. Les veufs, ça craint, c'est triste et ça fait fuir les gens.* Il lui a répondu : *T'auras rien à dire, je ferai comme je voudrai, de toute façon tu ne seras plus là pour me contredire.*

Il espère au contraire qu'elle n'a pas dit son dernier mot et que, longtemps après sa mort, il continuera de découvrir des messages cachés. Car c'est tout ce qui lui restera. Dans chaque pièce de la maison où il ira, peut-être une petite trace d'elle se dissimulera-t-elle, des messages dont les plus malicieux parviendraient un jour à le faire rire.

Peut-être a-t-elle pris soin de relater leur première dispute sous un cadre qu'il voudra remplacer. Peut-être a-t-elle eu assez de mémoire et d'espièglerie pour raconter leur première nuit d'amour, quelque part dans cette maison qu'elle a dû finir par quitter. Peut-être en découvrira-t-il la trace un jour, dans quelques années, derrière un meuble. Aura-t-elle eu le temps d'écrire la fois où le serveur du Café du Théâtre a pris son courage à deux mains pour alpaguer la petite vendeuse de chez Morel ? Cette fille, belle comme le jour, qui grelottait de froid et dont il a su, à la minute où il l'a vue, qu'il l'épouserait et qu'elle serait l'amour de sa vie. La petite vendeuse de chez Morel, qu'il l'appelait quand il ne connaissait pas encore son nom. La petite vendeuse qui, ce soir-là, attendait un autre garçon. *Vous devriez entrer, mademoiselle, vous allez tomber malade*, et elle était entrée. Après cela, la petite vendeuse de chez Morel l'a laissé la courtiser, puis l'épouser. Il lui a offert un joli studio en haut de la rue Voltaire, lui a fait deux beaux enfants et acheté des centaines de tartes aux abricots. La petite vendeuse de chez Morel qui ne le reconnaît plus, qui ne sait plus qui il est, qui ne dit plus jamais *Mon homme* en parlant de lui, ni *Mon chéri*. La petite vendeuse à qui il donne du *Madame*, non plus pour la faire rire, mais juste pour ne pas la perturber. Il l'a aimée comme un fou, sa petite vendeuse. Il l'aura aimée jusqu'au bout.

Il ignore si elle a eu suffisamment de temps pour tout raconter, tout lui écrire, partout où elle l'a voulu, même dans les endroits les plus incongrus. Ce qu'il sait, en revanche, c'est qu'il y a de grandes chances pour que ça le fasse chialer. Parce qu'elle était capable d'écrire de très belles choses, qui vous mettent les larmes aux yeux. Il redoute à l'avance toutes celles qu'il va verser. Il a peur de tous ces mots qui vont le faire souffrir et auxquels, pourtant, il va se raccrocher.

Son monde est en train de s'effondrer. *Parlez-moi d'amour, redites-moi des choses tendres*, plus jamais elle ne chantera. De leur amour, il ne reste déjà plus que des mots sur un mur. C'est tout ce qu'il en restera. Sa si jolie écriture sur le mur. La petite vendeuse de chez Morel est en train de crever dans une chambre d'hôpital, et il n'y a rien de plus dégueulasse au monde.

Self-défense

Après lui, elle s'était mise à la boxe. Et elle avait pris quelques cours de self-défense aussi.

Après lui, elle avait fui la ville avec ce qu'elle portait sur elle, ce soir-là, comme unique bagage. Son frère avait parcouru des centaines de kilomètres pour l'amener dans un endroit où elle n'était connue de personne et où elle serait en sécurité. Ensuite seulement, il était reparti.

On lui avait donné un toit, un nouveau téléphone, des vêtements à sa taille et un nom différent.

Après lui, elle s'en était voulu de ne pas avoir su se défendre. Elle s'en était voulu d'être devenue une proie facile, une victime, une fille qu'on peut rétamer d'un revers de la main, qu'on peut allonger d'un direct du droit, qu'on peut faire taire d'un simple regard.

Elle était devenue une pauvre fille qu'on plaint et dont on se demande pourquoi elle ne s'est pas barrée plus tôt, pourquoi elle n'a pas appelé à l'aide, pourquoi elle a laissé les choses empirer à ce point-là.

Elle-même n'avait pas la réponse à ces questions qu'elle lisait dans le regard des gens, quand ils savaient. Alors elle avait décidé de ne plus les regarder en face. La honte lui faisait baisser les yeux.

Après lui, elle était devenue peureuse, méfiante, paranoïaque.

Elle marchait visage fermé dans cette ville qui ne la connaissait pas. Sur son porte-clés, elle avait accroché une alarme à déclencher en cas d'agression ou d'enlèvement. Dans la poche de son blouson, elle planquait une bombe lacrymogène qu'elle gardait serrée dans la main.

Dans cette nouvelle vie, elle ne répondait pas quand on lui parlait, sursautait au moindre bruit, et se réveillait en sueur au beau milieu de la nuit.

Mais tout de même, au bout d'un certain temps, elle avait redressé la tête et s'était relevée. Elle avait cherché un moyen de sortir victorieuse de cette histoire. Tout ce qu'elle avait trouvé, c'était de combattre le mal par le mal. Elle avait enfilé des gants rembourrés et frappé dans des sacs de sable.

Elle avait cogné jusqu'à ne plus sentir ses doigts. Elle avait tapé avec hésitation d'abord, et puis elle avait fini par tambouriner, la rage au ventre, avec pour seuls adversaires des sacs de frappe et des punching-balls. Jamais des gens.

Car la seule personne qu'elle voulait combattre, au fond, c'était elle-même.

Et puis un jour, même, elle avait eu envie d'un nouveau tatouage. Un truc qui viendrait des entrailles et qui dirait qui elle est, et d'où elle revient. Quelque chose qui lui rappellerait de ne jamais oublier.

Après lui, elle avait décidé que jamais plus, elle ne déposerait sa dignité aux pieds d'un homme. Que jamais plus, on ne la rétamerait. Que jamais plus, elle ne boufferait la poussière. Et qu'un jour ou l'autre, elle n'aurait plus peur.

La magie du rangement

Au fait, t'es au courant qu'il y a une vieille boîte de Ricoré qui traîne dans ton placard ?

Tu peux la jeter.

Il faudra qu'il y réfléchisse très fort

— Tu sais, papa, je voulais te dire, j'ai un nouvel amoureux… Le prends pas mal, hein, c'est juste un petit truc sans importance. Mais je voulais que tu le saches, j'ai un nouvel amoureux.

Il faudrait qu'il lui dise un jour, à sa fille, comment c'était, avant elle. Il faudrait qu'il lui raconte sa mère et son père ensemble, bien avant sa naissance. Comment pourrait-elle savoir, sinon, que tout ça avait bien existé, qu'ils avaient été amoureux, amoureux fous même, avant de ne plus l'être du tout ?

Il faudrait qu'il lui raconte leurs vingt ans, leur rencontre fulgurante et tout ce qui avait suivi, qui avait été tout bonnement merveilleux. Il aimerait qu'elle sache à quoi ça ressemble un premier grand amour tumultueux – parce qu'un premier et véritable grand amour ne peut être que tumultueux. Il faudra qu'il lui raconte, à leur fille, comment c'était quand ils se couraient l'un après l'autre en faisant semblant de se rencontrer par hasard, comment ça avait été d'embrasser celle qui deviendrait sa mère sans avoir la moindre idée que la fille qu'il embrassait ferait de lui un père. Il faudrait qu'elle sache qu'un amour pareil, ça vous prend le cœur sans vous le rendre. Que ça vous fait sourire, que ça vous fait pleurer, hurler de rire, trembler, et gueuler. Que ça ne vous laisse pas indemne, jamais.

Il faudrait qu'il lui raconte que sa mère n'avait pas toujours eu les cheveux longs. Qu'elle les avait même sacrément courts quand ils se sont rencontrés. Elle ressemblait à un garçon, mais il ne s'était pas laissé tromper. Il lui dirait aussi ce que ça fait de passer la main dans les cheveux courts d'une fille qu'on aime à en crever.

Il lui racontera leurs engueulades spectaculaires de gamins qui découvrent qu'on peut s'aimer au point de se beugler dessus. Qu'on peut s'engueuler pour encore mieux s'aimer. Qu'à cet âge-là, c'était possible, même si ça n'a plus du tout été le cas par la suite. Il lui dira qu'à vingt ans, on peut se faire la tronche pendant trois mois d'affilée sans cesser de s'aimer.

Il ne sait pas comment il pourra lui expliquer qu'à quarante ans, ils ne savent plus se réconcilier. Il lui dira qu'il espère quand même qu'un jour, les rancœurs pourront s'oublier.

Il faudra qu'il lui raconte le studio de la rue Voltaire, du temps où c'étaient eux qui y habitaient. Chaque endroit où ils ont vécu, même. Mais le premier, par-dessus tout, parce que c'étaient leur nid et que c'était leur tout premier. Et le poster des Ramones punaisé sur la porte d'entrée.

Il faudra qu'il lui raconte la fois où sa mère est sortie en courant du restaurant indien qu'ils aimaient tant. Ce jour-là, elle avait à peine eu le temps d'arriver sur le trottoir qu'elle s'était mise à vomir l'intégralité de son repas. L'intégralité sur le trottoir de la rue Voltaire, juste derrière l'abribus. Il faudra qu'il lui explique que c'était le signe originel que tout allait changer. Que c'était elle, déjà, qui se faisait remarquer et que la rue Voltaire deviendrait bientôt trop petite. Il faudra qu'il lui raconte qu'ils n'étaient pas prêts pour ça, mais qu'ils s'en foutaient.

Il faudra enfin qu'il lui dise à quel point elle ressemble à sa mère, surtout depuis qu'elle a raccourci ses cheveux. À quel point c'est elle qu'il voit quand il la regarde, et peut-être à quel point ça le fait chier. Il faudrait qu'il réussisse à mettre des mots sur ça également, bien que ce soit difficile.

Il faudra qu'il lui raconte comment ça vient, le désamour. Il faudra qu'il la prévienne. Il aurait bien aimé qu'on le mette en garde, lui aussi, même si à cet âge, on refuse d'y croire une seconde. Même si à cet âge, il n'aurait pas été capable d'entendre la vérité, que la fille dans ses bras, la fille aux cheveux courts et aux airs de garçon manqué, finirait par se laisser pousser les cheveux, se mettre du vernis sur les ongles, des bracelets aux poignets et qu'un jour il ne la reconnaîtrait plus, qu'elle-même ne saurait plus trop qui elle est, et qu'il la laisserait s'éloigner pour qu'elle se retrouve, jusqu'à la perdre tout à fait, jusqu'à ce qu'elle se perde dans les bras d'un autre et que ça le fasse chialer.

Il faudra qu'il lui explique comment ça peut venir la haine. Comment ça peut vous prendre tout entier, autant que l'amour. Comment ça peut délaver, salir, déformer jusqu'au moindre de vos souvenirs. Il faudra qu'il lui dise ce qu'il faut de volonté et ce qu'il faut avoir eu d'amour pour ne pas céder à l'envie de tout gâcher. Même devant un tribunal, même par avocats interposés. Il faudra qu'il la prévienne qu'on n'est pas toujours assez fort pour lutter. Et qu'on n'est jamais assez solide pour ne pas pleurer. Qu'on n'a pas à avoir honte, ça peut arriver.

— Ce n'est pas *juste un petit truc sans importance*, ma chérie. Crois-moi, si tu aimes ce garçon, fais bien attention, il ne faudrait jamais que ça devienne *juste un petit truc sans importance*...

— OK.

— Alors... qui est l'heureux élu ?

Il faudra qu'il y réfléchisse très fort, qu'il épluche ses souvenirs, qu'il autopsie le cadavre. Mais un jour, il faudra qu'il lui raconte.

Remerciements

Je remercie l'équipe qui m'a formidablement accompagnée au sein des éditions Eyrolles et qui a transformé ce simple projet en une très belle aventure.

De la même autrice

Vladimir et Clémence, éditions Grasset Jeunesse, 2015.

Les Enfants terribles de Bonaventure, éditions Magnard Jeunesse, 2019.

Vous pouvez contacter l'autrice :

Par mail : contact@cecile-hennerolles.com
Sur les sites : www.cecile-hennerolles.com ou www.fais-en-un-livre.com
Sur Instagram : @cecile_hennerolles
Sur Facebook : @hennerolles

Composition et mise en pages
Nord Compo à Villeneuve-d'Ascq

Dépôt légal : septembre 2021
Imprimé en France
par CPI Brodard & Taupin
en septembre 2021
N° d' impression : 3044123
Cet ouvrage est imprimé
sur du papier bouffant Novel 56 g,
papier issu de forêts gérées durablement.